图书在版编目（CIP）数据

"一带一路"沿线国家儿童文学经典书系. 第一辑, 马来西亚卷：汉文马来文对照 /（马来）谢增英(Chia Chen Eng)，(马来) 刘育龙(Lew Yok Long) 主编；(马来) 刘玉玲，(马来) 阿美娜·阿里(Amina Binti Ali) 译. -- 宁波：宁波出版社，2022.10
　ISBN 978-7-5526-4587-3

Ⅰ.①一… Ⅱ.①谢…②刘…③刘…④阿… Ⅲ.①儿童文学—作品综合集—马来西亚—汉、马 Ⅳ.①I18

中国版本图书馆CIP数据核字(2022)第081174号

版权合同登记号：图字11—2022—163

"一带一路"沿线国家儿童文学经典书系（第一辑）·马来西亚卷

［马来西亚］谢增英(Chia Chen Eng)　　［马来西亚］刘育龙(Lew Yok Long)◎主编
　　　　［马来西亚］刘玉玲　　［马来西亚］阿美娜·阿里(Amina Binti Ali)◎译

出 版 人	袁志坚			
策划编辑	江一常		责任编辑	孙秀秀
责任校对	秦梦嫄		责任印制	陈　钰　王璐璐
插　　画	［马来西亚］Awin Tan　　［马来西亚］林清辉　　［马来西亚］俞德业			
装帧设计	王泽闻　金字斋			
出版发行	宁波出版社			
	（宁波市甬江大道1号宁波书城8号楼6楼　315040）			
印　　刷	宁波白云印刷有限公司			
开　　本	710mm×1000mm　1/16			
印　　张	15.5			
字　　数	150千			
版　　次	2022年10月第1版			
印　　次	2022年10月第1次印刷			
标准书号	ISBN 978-7-5526-4587-3			
定　　价	55.00元			

如发现缺页或倒装，影响阅读，请与出版社联系调换。电话：0574-87248279

"一带一路"沿线国家儿童文学经典书系（第一辑）
·马来西亚卷·

Siri Buku Klasik Kesusasteraan Kanak-Kanak *The Belt and Road*（Jilid 1）
· Jilid Malaysia ·

［马来西亚］谢增英　　［马来西亚］刘育龙　主编
[Malaysia] Chia Chen Eng [Malaysia] Lew Yok Long　Ketua Editor

［马来西亚］刘玉玲　　［马来西亚］阿美娜·阿里　译
[Malaysia] Lau Yoke Lian [Malaysia] Amina Binti Ali　Penterjemah

宁波出版社
NINGBO PUBLISHING HOUSE

序　言

Prakata

马来西亚华文文学（马华文学）在1919年开始成形，但可惜的是，本土华文儿童文学没有在同一时期发展起来。马来亚于1957年独立前，马华儿童文学未能发展起来的原因有二：一、我国华文教科书和读物大多是来自中国大陆和中国香港；二、本地的出版业仍在起步的阶段，因此本土的儿童文学没有获得重视。

马来西亚（新加坡和马来亚）

Kesusasteraan Bahasa Mandarin Malaysia (Kesusasteraan Mahua) mulai dibentuk pada tahun 1919, tetapi sayangnya perkembangan kesusasteraan kanak-kanak Malaysia tidak seiring. Sebelum Malaysia merdeka pada tahun 1957, terdapat dua faktor yang menyebabkan kesusasteraan kanak-kanak Malaysia tidak berkembang. Pertama, bahan bacaan dan rujukan Bahasa Mandarin kebanyakan berasal dari China dan Hong Kong. Faktor yang kedua ialah, penerbit tempatan masih dalam penggal permulaan pembinaan industri penerbitan, maka

成立后，儿童文学仍然是不被重视的一块，年红先生曾说，这除了儿童文学的重要性被忽略之外，马华作家（马来西亚地区华裔作家）视儿童文学为"小儿科"，不愿做出贡献，也是其中一个主要原因。

至于刊物方面，虽然20世纪70年代和80年代陆续出版了一些适合孩子阅读的刊物，例如：《学生周报》（1958年发行）、《少年乐园》（1964年创刊）、《知识报》（1965年创刊）、《儿童报》（1972年创刊）、《知识画报》（1976年创刊）、《小读者》（1976年创刊）、《好学生》（1977年创刊）、《好少年》（1979年创刊），但是，除了《儿童报》，这些刊物少有刊登本土儿童文学作品。《儿童报》创刊于1972年3月7日，由马来西亚生活出版社出版发行，社长为周宝梅。年红先生便

kesusasteraan kanak-kanak tidak dipandang serius pada ketika itu.

Selepas Malaysia ditubuhkan, kesusasteraan kanak-kanak merupakan bidang yang masih tidak dipandang serius. Encik Nian Hong pernah berkata, ia disebabkan pengabaian kepentingan peranan yang dimainkan oleh kesusasteraan kanak-kanak dan penulis Mahua menganggap kesusasteraan kanak-kanak hanyalah kategori kesusasteraan yang 'kecil dan tipis'. Ketidaksanggupan mereka menyumbang merupakan salah satu punca utama mengapa kesusasteraan kanak-kanak Malaysia tidak berkembang.

Manakala dalam penerbitan majalah pula, pada zaman 70-an dan 80-an, terdapat juga majalah yang sesuai untuk bacaan kanak-kanak telah diterbitkan. Antaranya, Majalah Pelajar (diterbitkan pada tahun 1958), Taman Remaja (diterbitkan pada tahun 1964), Akhbar Ilmu (diterbitkan pada tahun 1965), Akhbar Kanak-kanak (diterbitkan pada tahun 1972), Akhbar Ilmu dan Gambar (diterbitkan pada tahun 1976), Pembaca Kanak-kanak (diterbitkan pada tahun

序 言
Prakata

是《儿童报》的编辑，他主要负责儿童文学和语文知识部分，只可惜《儿童报》在 1973 年 10 月 13 日出版了第 60 期后便停刊。

1976 年，南马文艺研究会编委会进一步为东方文化机构有限公司编辑了《学生剧场丛书》(12 册)；在 1977 年为泰来出版社编辑了《泰来儿童丛书》(十册)，并获第一届马来西亚华人文化协会文学奖。接着，南马文艺研究会先后编写和出版了儿童文学创作数十本，包括《南文会少儿丛书》第一、二、三辑（共 30 本），《彩虹少儿丛书》第一、二辑（共 20 本）以及儿童小说集《小卡车》等，成为马来西亚华文儿童文学发展的主力军。(注)

到了 2003 年，习写儿童诗歌的技能被纳入小学华文课程，儿童诗歌开始受到重视。对比其他的儿童文学种类，儿童诗歌发展

1976), Pelajar Baik (diterbitkan pada tahun 1977), Remaja Baik (diterbitkan pada tahun 1979). Walau bagaimanapun, penerbitan tersebut kecuali Akhbar Kanak-kanak, jarang menerbitkan karya kesusasteraan kanak-kanak tempatan. Akhbar Kanak-kanak diterbitkan kali pertama pada 7 Mac 1972. Diterbitkan oleh Penerbit *Life Magazines Malaysia*，Zhou Bao Mei ialah pengarah bagi penerbit ini. Encik Nian Hong merupakan salah seorang editor bagi Akhbar Kanak-kanak, bertanggungjawab terutamanya di bahagian kesusasteraan kanak-kanak dan tatabahasa, tetapi sayangnya pada 13 Oktober 1973, selepas mencecah penerbitan yang ke-60, akhbar ini telah diberhentikan penerbitannya.

Sidang pengarang Persatuan Kesusasteraan dan Kesenian Malaya Selatan telah menerbitkan Siri Buku Drama Pelajar yang berjumlah 12 jilid demi manfaat Syarikat Budaya Timur Sdn. Bhd. pada tahun 1976.Pada tahun 1977, siri buku yang diterbitkan oleh Penerbit Taylor yang berjudul Siri Buku Cerita Kanak-kanak Taylor yang berjumlah 10 buah buku turut ditawarkan anugerah Pertandingan Kesusasteraan

蓬勃，因此本书选入的作者多达10位，他们都是马来西亚著名的童诗作者。在这些作者当中，梁志庆老师和年红老师对儿童诗歌的发展做出极大的贡献，从著书、开讲座，到举办儿童诗歌创作比赛等，他们都积极地参与其中。已故儿童文学作家郑秋萍老师，在诗歌创作和推广方面功不可没，她经常到学校给老师开讲座，分享如何赏析童诗和创作童诗的心得，为校园童诗播种。另一位值得我们尊敬的童诗作家是宋飞龙，他目前已经自费出版了10本童诗集，这些年来，在创作童诗方面他笔耕不辍，交出亮丽的成绩单。

儿童诗歌会获得关注，另一个主要原因是马来西亚教育部自2004年起，每年都举办全国中小学诗歌朗诵比赛，至今已经举办了17届。由于小学组的比赛

Persatuan Budaya Orang Cina Malaysia anjuran kali pertama. Seterusnya, Persatuan Kesusasteraan dan Kesenian Malaya Selatan berjaya menerbitkan puluhan buku hasil karya kesusasteraan kanak-kanak. Antaranya, Siri Buku Kanak-kanak Karya Malaysia Selatan Jilid 1, 2 dan 3 berjumlah 30 buah buku, Siri Buku Kanak-kanak Pelangi Jilid 1 dan 2, berjumlah 20 buah buku dan Lori Kecil (Koleksi Karya Kesusasteraan Kanak-kanak) dan lain-lain. Usaha demi usaha yang dilakukan itu merupakan aliran utama dalam arus perkembangan kesusasteraan kanak-kanak Bahasa Cina Malaysia.

Sehingga tahun 2003, kemahiran belajar menulis puisi kanak-kanak telah disenaraikan ke dalam Dokumen Standard Kurikulum dan Pentaksiran Bahasa Cina Sekolah Rendah Jenis Kebangsaan Cina. Bermula dari sini, puisi kanak-kanak mulai mendapat tempat dalam kalangan masyarakat. Berbanding dengan genre yang lain dalam bidang kesusasteraan kanak-kanak, puisi kanak-kanak berkembang dengan lebih pesat, 10 penulis yang terpilih dalam koleksi buku kali ini, kesemua mereka merupakan

序 言
Prakata

是以朗诵儿童诗歌为主，因此这也促使许多教师开始学习赏析和创作儿童诗歌。

　　值得一提的是，马来西亚影响力最大的华文日报《星洲日报》自1999年第5届花踪文学奖开始增设儿童文学奖，并把参赛文类定为童诗，为本地的童诗作家提供了互相切磋和观摩的平台。花踪文学奖可说是本地最具权威的文学奖，增设童诗奖项无疑能吸引和鼓励更多马华作家投入童诗创作这个领域。本书的多位作者都曾经在这项赛事中得奖，分别是：郑秋萍、梁志庆、刘育龙、王振平、周锦聪和邙眉。花踪儿童文学奖每两年举办一次，自1999年到2007年，总共举办了5届。可惜的是，主办单位在这之后便从花踪文学奖的奖项中取消了这个项目，令这项赛事从此成为绝响。

penulis puisi kanak-kanak yang terkenal di Malaysia. Antaranya, Cikgu New Sang King dan Cikgu Nian Hong telah memberi sumbangan yang signifikan dalam perkembangan bidang kesusasteraan kanak-kanak. Mereka berusaha dari menulis buku, memberi ceramah sehingga menganjurkan pertandingan penulisan puisi kanak-kanak dan sebagainya. Mereka melibatkan diri secara aktif untuk mempromosikan karya-karya kesusasteraan kanak-kanak. Mendiang Tei Chew Peng, yang juga merupakan seorang guru, banyak berjasa dalam proses mendorong penulisan puisi kanak-kanak. Mendiang selalu memberi ceramah di sekolah-sekolah untuk guru-guru, berkongsi pengalaman mengajar murid-murid menulis puisi kanak-kanak dan cara menghayati puisi kanak-kanak. Beliau berusaha menyemai benih kesusasteraan kanak-kanak di seluruh Malaysia. Seorang lagi penulis yang disanjung tinggi ialah Song Fei Loong, setakat ini beliau telah menerbitkan sebanyak 10 buah buku koleksi puisi kesusasteraan kanak-kanak. Kos penerbitan bagi kesemua buku beliau ditanggung sendiri. Selama ini, beliau tidak

"一带一路"沿线国家儿童文学经典书系（第一辑）·马来西亚卷
Siri Buku Klasik Kesusasteraan Kanak-kanak
The Belt and Road（Jilid 1）·Jilid Malaysia

此外，彩虹出版有限公司与南马文艺研究会多年来联合举办了多届全国华小童诗创作比赛和全国少儿童话寓言创作比赛，鼓励和推广小学生创作童诗和童话寓言，在许多孩童的心田种下儿童文学的幼苗，令人钦佩。

2022年，马来亚大学中文系和《星洲日报》联合举办童诗赏析、教学与创作课程，邀请本地的作家、教师和学者教导学员如何赏析和创作童诗。除了安排五堂课，前后也举办了两次童诗创作比赛，鼓励学员参与童诗创作，同时在赛后点评得奖作品。本书中的两位作家和两位编者，即方肯、林健文、谢增英和刘育龙都是这个课程的导师。

2006年，由红蜻蜓出版社推出的许友彬和邓秀茵的长篇少儿小说，掀起了阅读少儿小说的热潮。本书选入的作家在儿童

pernah berhenti daripada terus berkarya sehingga cemerlang dalam bidang ini.

Satu lagi sebab utama puisi kanak-kanak disambut dengan baik ialah sejak dari tahun 2004, Kementerian Pendidikan Malaysia menganjurkan pertandingan deklamasi sajak kebangsaan di peringkat sekolah rendah dan menengah setiap tahun. Sehingga hari ini, pertandingan ini telah dianjurkan buat kali ke-17. Kategori sekolah rendah masih cenderung mendeklamasi puisi kanak-kanak, ini juga menyebabkan ramai cikgu mulai menghayati dan menulis puisi kanak-kanak.

Yang perlu menekankan lagi ialah akhbar Sin Chew Jit Pow, akhbar Bahasa Mandarin yang mempunyai pengaruh terbesar di Malaysia, telah menambahkan kategori kesusasteraan kanak-kanak ke dalam Anugerah Sastera Hua Zong sejak tahun 1999, iaitu Anugerah Sastera Hua Zong yang ke-5, dan hanya mengkhaskan kepada puisi kanak-kanak dalam kategori ini. Tindakan ini berjaya menyediakan satu platform kepada para penulis puisi kanak-kanak saling bertanding dan berkomunikasi untuk belajar

序 言
Prakata

小说创作方面成绩斐然，例如年红、爱薇、邝眉、刘玉玲、赖宇欣、方肯等，他们都曾经出版儿童小说集。

在推广儿童小说创作方面，留台联总扮演着举足轻重的角色。自1989年承办至今，留台联总已经举办了16届的马华儿童小说创作比赛，两年一度，不曾间断，意义深远。这项赛事为马华文坛培养了一批儿童小说作家，其中包括这本合集的作者和编者，如廖冰凌、刘玉玲、赖宇欣、方肯、潘芳玲、王振平、谢增英等。

由于马来西亚的儿童文学长期被马华文坛的编者和作家边缘化，发展空间十分有限，愿意加入儿童文学创作阵容的作家也比较少，在发展方面自然面对较多的阻碍。庆幸的是，我们还是有一群热爱儿童文学的作家和不屈不挠的推动者，长期默默

bersama dan merujuk sesama mereka. Anugerah Sastera Hua Zong merupakan pertandingan penulisan karya sastera yang berprestij tinggi dalam industri ini. Penambahan anugerah menulis puisi kanak-kanak ini telah mendorong lebih ramai penulis Mahua melibatkan diri dalam penulisan puisi kanak-kanak dan juga menarik minat mereka menghasilkan karya puisi kanak-kanak. Beberapa penulis koleksi buku ini pernah menenangi pertandingan tersebut, contohnya Tei Chew Peng, New Sang King, Lew Yok Long, Wong Ching Ping, Chew Chin Chong dan juga Fang Mei. Anugerah Sastera Hua Zong dianjurkan setiap selang dua tahun sekali, anugerah kategori puisi kanak-kanak telah diwujudkan pada tahun 1999 hingga 2007, tetapi sayangnya hanya mampu bertahan lima kali sahaja. Selepas itu, anugerah kategori puisi kanak-kanak dibatalkan dan era kegemilangan anugerah menulis puisi kanak-kanak tidak dapat diteruskan lagi.

Selain itu, penerbit Penerbitan Pelangi Sdn. Bhd. dan Persatuan dan Kesenian Kesusasteraan Malaya Selatan turut memainkan peranan

耕耘，近年来也陆续看到这一批人开办童诗鉴赏班、举办童诗创作比赛、编选童诗合集等，除了提高大众的儿童文学鉴赏水平，同时也为马华儿童文学开拓出一片光明的前景，给孩子们带来既有趣又有益的优质文学作品。

身为主编，我们非常感谢出版单位宁波出版社有限公司积极推动《"一带一路"沿线国家儿童文学经典书系》这项出版计划，为我们提供出版本地儿童文学合集这个美好的机缘。

我们也要衷心感谢为这本儿童文学合集供稿的作家们。纵观这 16 位本地儿童文学作家的童诗和儿童小说，在创作风格方面，展现了百花齐放的多元色彩，从多角度向读者描绘我们未来主人翁的情感、思想和生活风貌。这 16 位作家涵盖了马华文坛上老、中、青三代人，具体而微

selaku penganjur bersama yang banyak kali mengadakan pertandingan penulisan puisi kanak-kanak dan pertandingan penulisan cerita dongeng kanak-kanak kebangsaan, mendorong dan menggalakkan penulisan puisi dan cerita dongeng dalam kalangan kanak-kanak, tuntas menyemai benih sastera dan semangat berkarya di peringkat sekolah rendah. Ini merupakan satu kejayaan yang mengagumkan.

Pada tahun 2022, Jabatan Pengajian Tionghoa Universiti Malaya dan Sin Chew Jit Pow menganjur bersama kelas menghayati dan menulis puisi kanak-kanak. Aktiviti-aktiviti ini telah menjemput penulis tempatan, guru-guru dan ahli akademik untuk mengajar dan membimbing peserta menghayati dan menghasilkan karya puisi kanak-kanak. Selain lima kelas yang telah diadakan, pertandingan menulis puisi kanak-kanak turut dianjurkan sebanyak dua kali. Ia bertujuan untuk memupuk minat dan menggalakkan peserta melibatkan diri dalam bidang sastera kanak-kanak ini. Selepas pertandingan itu dijalankan, hakim akan memberi komen dan pendapat mereka terhadap puisi-puisi

序言
Prakata

地显现这一番景象：在儿童文学的创作道路上，前辈们依然孜孜不倦地笔耕和参与活动，中生代和新生代也在这一块扮演日益重要的角色，大伙儿齐心合力，共同为马华儿童文学的未来发展发热发光。

最后，我们也不忘感谢为这本合集绘图的3位画家，即林清辉、俞德业和陈仪伟，替我们的这本儿童文学合集描绘出一片五彩缤纷的童年天地！

谢增英、刘育龙

完稿于2022年5月30日

（注）资料来源：年红《马来西亚儿童文学发展》

yang dipertandingkan. Antaranya Fang Keng dan Lim Kean Boon, dua penulis dalam koleksi buku ini serta dua editor bagi buku koleksi ini iaitu Chia Chen Eng dan Lew Yok Long merupakan mentor bagi kelas tersebut.

Pada tahun 2006, Penerbit Odonata telah menerbitkan buku novel kanak-kanak Khor Ewe Pin dan Deng Xiu Yin, mereka berjaya mencetuskan trend membaca buku novel kanak-kanak pada ketika itu. Penulis-penulis yang terpilih dalam koleksi buku ini juga berprestasi cemerlang dalam kalangan penulisan sastera kanak-kanak, contohnya Nian Hong, Ai Wei, Fang Mei, Lau Yoke Lian, Lai Yip Ching, Fang Keng dan lain-lain yang pernah menerbitkan buku novel kanak-kanak sebelum ini.

Dalam usaha mendorong penulisan novel kesusasteraan kanak-kanak di Malaysia, Gabungan Persatuan Alumni Universiti Taiwan, Malaysia memainkan peranan yang amat penting sebagai pendorong. Sejak tahun 1989 dan sehingga kini, persatuan tersebut turut menganjurkan pertandingan penulisan novel kesusasteraan kanak-kanak setiap selang dua tahun sekali. Sehingga hari ini, sebanyak 16 kali pertandingan dianjurkan, dan tidak pernah putus penganjurannya. Pertandingan ini membawa makna dan impak yang signifikan dan berjaya memupuk segolongan penulis yang berpotensi seperti Liau Ping Leng, Lau Yoke Lian, Lai Yip Ching, Fang Keng, Phan Fon Lin, Wong Ching Ping, Chia Chen Eng dan lain-lain.

Disebabkan kesusasteraan kanak-kanak di Malaysia telah dipinggirkan oleh penyunting dan penulis Mahua selama ini, menyebabkan ruang perkembangannya sangat terhad. Mereka yang rela menceburkan diri ke dalam industri ini dalam jumlah yang sedikit, maka perkembangan keseluruhannya juga menghadapi banyak halangan. Sesuatu yang membuat kita berasa bertuah ialah masih wujud segelintir penulis yang tidak berputus asa dan memberi sumbangan tanpa mengira sambutan sama ada baik atau tidak. Kelas menghayati karya sastera kanak-kanak juga dianjurkan oleh golongan penulis ini. Menganjurkan pertandingan, memilih karya yang bermutu tinggi dan menerbitkannya sebagai satu koleksi buku dan sebagainya. Segala usaha yang dilakukan telah meningkatkan keupayaan penghayatan karya sastera kanak-kanak dan juga menerokai jalan pada masa depan yang lebih gemilang di Malaysia. Mereka membekalkan karya yang berkualiti dan bermanfaat kepada pembaca tempatan.

Sebagai editor koleksi buku ini, kami ingin merakamkan ucapan terima kasih terutamanya kepada penerbit Ningbo Publishing House yang bersungguh-sungguh mendorong projek Siri Buku Klasik Kesusasteraan Kanak-kanak *The Belt and Road*, pihak penerbit telah memberikan satu peluang keemasan kepada kami untuk menerbitkan koleksi buku kesusasteraan kanak-kanak tempatan.

Kami secara ikhlasnya ingin merakamkan ucapan terima kasih kepada penulis-penulis Malaysia yang turut serta menyumbangkan karya mereka dalam koleksi buku

序　言
Prakata

ini. Meninjau secara keseluruhannya, 16 penulis cerita dan puisi kanak-kanak mempunyai stail dan cara penulisan yang berlainan. Kepelbagaian ini memberi elemen variasi dan unsur yang kaya dengan budaya dan keunikan pemikiran tersendiri dalam lingkup corak kehidupan yang berbeza. 16 penulis yang dikumpulkan dalam lingkungan generasi tua, pertengahan umur dan muda, menunjukkan kehadiran mereka sebagai pendorong kepada perkembangan industri kesusasteraan kanak-kanak di Malaysia secara rinci dan menyeluruh. Generasi tua masih berusaha menulis dan mendorong kemajuan industri ini, generasi pertengahan umur dan generasi muda juga memainkan peranan yang kian penting, sama-sama berusaha memikul tanggungjawab, mendorong perkembangan industri kesusasteraan kanak-kanak Mahua dan memastikan ianya terus maju jaya pada masa hadapan.

Akhir sekali, kami ingin merakamkan ucapan terima kasih juga kepada tiga pelukis bagi koleksi buku ini, mereka ialah Lim Cheng Hwee, Yee Teck Nyiap dan Awin Tan yang sudi menyumbangkan lukisan mereka dan mewarnai lagi pengalaman pembacaan bagi buku ini!

Iklas daripada
Chia Chen Eng dan Lew Yok Long
Skrip disempurnakan pada 30hb Mei 2022

Rujukan: Nian Hong: "Perkembangan Kesusasteraan Kanak-kanak Malaysia"

目 录
Kandungan

荷　花
Bunga Teratai　　　　　　　　　　　　　　　　001
　　　　　　　　　　　　　　　　邝　眉　Fang Mei

弹　簧
Pegas Gegelung　　　　　　　　　　　　　　　003
　　　　　　　　　　　　　　　　邝　眉　Fang Mei

课室三件宝
Tiga Harta Dalam Kelas　　　　　　　　　　　006
　　　　　　　　　　　　　　　　邝　眉　Fang Mei

爸爸的捕鱼故事
Cerita Ayah Menangkap Ikan　　　　　　　　009
　　　　　　　　　　　　　梁志庆　New Sang King

点亮中秋
Nyalakan Malam Hari Perayaan Pertengahan Musim Luruh　011
　　　　　　　　　　　　　梁志庆　New Sang King

浪花和我做朋友
Ombak Berkawan Dengan Saya　　　　　　　014
　　　　　　　　　　　　　梁志庆　New Sang King

我要种很多很多树
Saya Mahu Menanam Banyak Pokok　　　　017
　　　　　　　　　　　林健文　Lim Kean Boon

数字人生
Kehidupan Angka　　　　021
　　　　　　　　　　　林健文　Lim Kean Boon

钥　匙
Kunci　　　　025
　　　　　　　　　　　林健文　Lim Kean Boon

风娃娃
Si Angin Tu Si Budak　　　　028
　　　　　　　　　　　刘育龙　Lew Yok Long

我的志愿
Cita-cita Saya　　　　030
　　　　　　　　　　　刘育龙　Lew Yok Long

小雨点
Titisan Hujan　　　　033
　　　　　　　　　　　刘育龙　Lew Yok Long

孩子的话
Bisikan Budak　　　　037
　　　　　　　　　　　年　红　Nian Hong

那一夜
Malam Itu　　　　040
　　　　　　　　　　　年　红　Nian Hong

小　草
Rumput　　　　　　　　　　　　　　　　　041
　　　　　　　　　　　　　年　红　Nian Hong

村　童
Budak Kampung　　　　　　　　　　　　043
　　　　　　　　　　　　宋飞龙　Song Fei Loong

呼呼吹拂的风
Angin Yang Bertiup Kencang　　　　　　　045
　　　　　　　　　　　　宋飞龙　Song Fei Loong

榕树下
Di Bawah Pokok Banyan　　　　　　　　　049
　　　　　　　　　　　　宋飞龙　Song Fei Loong

风姐姐要梳头
Kak Angin Mahu Tolong Sikat Rambut　　　053
　　　　　　　　　　　　王振平　Wong Ching Ping

给爸爸的信
Surat Ditulis Buat Ayah　　　　　　　　　056
　　　　　　　　　　　　王振平　Wong Ching Ping

到公公的菜园去
Santai-santai Ke Kebun Sayur Atuk　　　　060
　　　　　　　　　　　　王振平　Wong Ching Ping

寂　寞
Kesunyian　　　　　　　　　　　　　　　063
　　　　　　　　　　　　萧丽芬　Syaw Lai Fun

有人说谎
Ada Orang Berbohong　　　　　　　　　　　　065
　　　　　　　萧丽芬　Syaw Lai Fun

大家都说他不好
Semua Orang Kata dia Tidak Baik　　　　　068
　　　　　　　萧丽芬　Syaw Lai Fun

默迪卡的魔法
Magik Merdeka　　　　　　　　　　　　　071
　　　　　　　郑秋萍　Tei Chew Peng

放假了
Cuti Dah　　　　　　　　　　　　　　　　074
　　　　　　　郑秋萍　Tei Chew Peng

圣诞节
Hari Natal　　　　　　　　　　　　　　　077
　　　　　　　郑秋萍　Tei Chew Peng

鼻子是只馋嘴猫
Hidung Seekor Kucing Yang Makan Dengan Gelojoh　　080
　　　　　　　周锦聪　Chew Chin Chong

耳朵是一对小天碟
Telinga Itu Sepasang Piring Antena　　　　083
　　　　　　　周锦聪　Chew Chin Chong

眉毛，心情的蝴蝶
Bulu Kening, *Mood* Rama-rama　　　　　　086
　　　　　　　周锦聪　Chew Chin Chong

变色的康乃馨
Bunga *Carnation* Yang Bertukar Warna　　　　　　087
　　　　　　　　　　　　　　爱　薇　Ai Wei

马虎不得外星人
Mama dan Huhu——Makhluk Dari Luar Angkasa　　105
　　　　　　　　　　　　　　邡　眉　Fang Mei

你有看见我的马来貘吗？
Adakah Kamu Nampak Tapir Saya?　　　　　　　115
　　　　　　　　　　　　　　方　肯　Fang Keng

你好，我是龙
Helo, Saya Naga　　　　　　　　　　　　　　138
　　　　　　　　　　　　　赖宇欣　Lai Yip Ching

中秋・灯笼・鱼
Hari Perayaan Pertengahan Musim Luruh, Tanglung dan Ikan　161
　　　　　　　　　　　　　廖冰凌　Liau Ping Leng

我家的河东狮
Si Singa Di Rumah Saya　　　　　　　　　　　179
　　　　　　　　　　　　　刘玉玲　Lau Yoke Lian

"烂番薯班"的孔老师
Cikgu Kong dan Kelas Ubi Keledek　　　　　　　192
　　　　　　　　　　　　　年　红　Nian Hong

彩虹蛋
Telur Pelangi　　　　　　　　　　　　　　　203
　　　　　　　　　　　　　潘芳玲　Phan Fon Lin

马来短剑"基利斯"
Keris Melayu 223
佚 名 Yiming

锡矿大王胡子春
Raja Timah Hu Zi Chun 226
佚 名 Yiming

荷 花
Bunga Teratai

邡 眉
Fang Mei

你 是水中的仙子
蜻蜓来了 又走了
蜜蜂来了 又走了
你 立在水中看着自己的倒影
风 轻轻抚摸你忧伤的脸庞
水 静静荡漾在你的足下
你安静地不说半句话
安静地不说话
不说话

Kamu bidadari di dalam air
Pepatung tiba pepatung pergi
Lelebah tiba lelebah pergi
Kamu di tengah air tegakkan diri merenung bayang sendiri
Angin membelai wajahmu yang sedih pilu
Air memeluk kakimu dengan lemah-lembut
Kamu dengan tenangnya mendiamkan diri
Dalam ketenangan
Kamu tidak bersuara lagi
Tidak bersuara lagi

弹　簧

Pegas Gegelung

邡　眉

Fang Mei

我藏起来
给你一些惊喜
有时候在你的文具盒里
有时候在你的玩具箱里

我也喜欢躲在
爸爸的汽车下面
哥哥的摩托车边
妹妹的摇篮上面
弟弟的手枪里面

Saya sembunyikan diri
Demi kejutanmu
Adakalanya di dalam kotak penselmu
Adakalanya di dalam kotak permainanmu

Saya juga suka sorokkan diri
Bawah kereta abah
Tepi motosikal bang
Atas buaian dinda
Dalam pistol permainan dik

Lagipun, bila kamu letih

弹 簧
Pegas Gegelung

还有
当你疲倦时
我让你躺在我的海洋
让你平稳地甜睡
像一只沉睡的小渔舟

虽然
我一直都在你身旁
可是
你并不知道
现在
让你好好想一想
我还藏在什么地方

Kamu boleh lena di atas lautanku
Tidurlah dengan aman
bagaikan perahu di laut tenang

Walaupun
Saya sentiasa di sisimu
Tetapi
Kamu tidak sedar
Kini... cuba fikirkan
Di mananya saya tersorok

课室三件宝
Tiga Harta dalam Kelas

邡 眉
Fang Mei

你,总有说不完的话
钟声一响你就借了老师的手
似模似样地在我的肚子上涂鸦
究竟你懂不懂这些学问

我,是老师的魔法棒
同学们总专注地盯着我看
脑袋瓜儿捣蒜似的把头点
就知道少了我呀
老师也没办法

Kamu, ada kata-kata yang tiada kesudahan
Selepas loceng berbunyi kamu bagaikan tangan cikgu
menconteng di perutku
Fahamkah kamu, pengetahuan ini

Saya, tongkat sihir cikgu
Semua murid mengikut telunjuk aku
Asyik menundukkan kepala mereka
Cikgu akan menggaru kepala
sekiranya saya tiada

"一带一路"沿线国家儿童文学经典书系（第一辑）· 马来西亚卷
Siri Buku Klasik Kesusasteraan Kanak-kanak
The Belt and Road（Jilid 1）· Jilid Malaysia

  哟！都别吵闹了   Woi, Senyap!
  下课钟声一响   Loceng kelas tamat sudah berbunyi
  又轮到我值班   Masa saya bertugas bermula
  粉笔教授我可得罪了 Minta maaf ya Prof Kapur
  黑板嬷嬷你可高兴啦 Gembiranya Nenek Papan Hitam

爸爸的捕鱼故事
Cerita Ayah Menangkap Ikan

梁志庆
New Sang King

一艘艘的渔船
都回到平静的港湾
爸爸上岸卖鱼后
踏着一路的平安回家

平静的家就像平静的港湾
听爸爸说他捕鱼的故事时
眼前立刻风浪大作
天色跟着变得很阴暗

一个浪又一个浪
打向爸爸的渔船
我们的屋子也跟着摇摇晃晃
弟弟还不时尖叫起来

爸爸却不当它一回事
还是笑吟吟地
继续撒下渔网
捕捉我们一家人的柴米油盐

Beberapa buah perahu ikan
Kesemuanya kembali ke pelabuhan yang tenang
Ayah menjual ikan selepas naik ke tebing
Memijak tanah pulang dengan selamat

Keluarga yang harmoni itu serupa pelabuhan yang tenang
Dengarkanlah cerita menangkap ikan daripada ayah
Angin kencang, ombak ganas itu mempamer muka di depan mata
Langit menjadi gelap

Ombak demi ombak
Menghempas terhadap perahu ayah
Kita yang di rumah serupa ikut goyang kencang
Kadang kala adik turut menjerit-jerit

Ayah kata tak apa itu bukan masalah
Malahan ketawa-tawa lagi
Jejala ikan ditebarkan menghala ke bawah
mencari-cari rezeki untuk sekeluarga
memenuhi keperluan asas kehidupan

点亮中秋

Nyalakan Malam Hari Perayaan Pertengahan Musim Luruh

梁志庆
New Sang King

一支 两支 三支 ……	Satu batang, dua batang, tiga batang
我们点亮了	Telah kita nyalakan lilin dalam tanglung
灯笼里的烛光	Empat tanglung, lima tanglung, enam tanglung
四个 五个 六个 ……	Lilin menyala-nyala dalam tanglung
灯笼里的烛光	Cahaya membara malam hari perayaan pertengahan musim luruh
照亮了中秋的夜晚	
有时候风会吹得很紧	Ada ketika angin bertiup begitu kencang
那时灯笼就会摇摇晃晃	Mengayun kencang tanglung dek tiupan angin
我们要护着燃亮的烛光	Perlu kita sama-sama melindungi nyalaan
不要给狂风吹灭	

点亮中秋
Nyalakan Malam Hari Perayaan Pertengahan Musim Luruh

每个人都是一支蜡烛
每一支蜡烛都燃烧着自己
我们都是灯笼里的烛光
把中秋的夜晚
点燃得更加明亮

lilin
 Jangan sesekali dihembus mati dek angin yang tergesa-gesa

 Setiap insan ibarat sebatang lilin
 Setiap batang lilin itu sanggup membakar dirinya
 Kita ibarat cahaya lilin dalam tanglung ini
 Menyalakan malam pertengahan musim luruh ini
 Malam menjadi cerah dan terang benderang

浪花和我做朋友

Ombak Berkawan Dengan Saya

梁志庆
New Sang King

浪花和我做朋友
Ombak Berkawan Dengan Saya

浪花收去我沙滩上的画
回送一个海螺给我
我把海螺放在书架上
海螺会吹响风浪声
每逢星期天
我就听到海螺向我呼唤
催我和浪花一起玩耍

来到沙滩上
浪花一直用手来抓我的双脚
我就不停地踩踏他的双手
就这样地
你抓我踩　我踩你抓
你追我逃　我逃你追
谁都没有输赢
只有翻滚着
一滩的欢笑声

跑累了
我坐在沙滩上
伸直双脚歇一歇
海浪说：

Ombak merampas lukisan saya di tepi pantai
Membalas dengan satu siput sedut untuk saya
Saya simpan siput sedut di atas rak buku
Ditiup angin lalu menyanyikan lagu ombak
Setiap hari Ahad
Kedengaran panggilan siput sedut menyapa
Minta cepat datanglah main bersama-sama

Datanglah saya sampai ke tepi pantai
Wahai ombak kawanku, menerkap tapak kaki saya dengan tangannya
Balik-balik kita berdua
Satunya menerkap satu memijak
Awak terkap kaki saya, saya berbalas pijak tangan awak
Berulang kali awak kejar saya lari
Berlari-lari, berkejar-kejar kita berdua
Usah kira menang kalah antara kita
Betapa riuh gembira di sana sini
Suara ketawa yang riang memenuhi suasana
Letih kepenatan selepas ini
Saya duduk di tepi pantai

"来 我为你做足浴
很舒服的！"
嗯 浪花给人泡脚的功夫
还真的很不错！

Tegakkan kaki bagi tenang sikit
Wahai ombak kawanku berkata:
　'Mari, biarlah saya tolong buat *SPA* kaki,
janji siok!'
Oh, Ombak kawanku yang pandai buat *SPA* kaki
Memang seronok!

我要种很多很多树
Saya Mahu Menanam Banyak Pokok

林健文
Lim Kean Boon

我要种很多很多树
一棵长满果实
给饥荒中的小孩
他们都很瘦
像竹竿

我要种很多很多树
一棵长满钱币
给乱世中的小孩
他们都很穷
买不起面包

Saya mahu menanam sebanyak pokok yang mampu
Sepohon pokok itu berhasil penuh buah
Berikan kepada kanak-kanak yang sedang kebuluran
Mereka kesemuanya sangat kurus
Seperti buluh

Saya mahu menanam sebanyak pokok yang mampu
Sepohon pokok itu berhasil penuh duit syiling

我要种很多很多树

很多很多

让战争中的小孩

能躲避炮弹

他们都很害怕

轰炸的声音很响亮

我要种很多很多树

很多很多

让和平世界的小孩

懂得珍惜保护环境

不要随便砍伐树木

不要污染河流大海

我要种很多很多树

一棵长满希望

给祈祷中的小孩

他们都闭着眼

想要心中的愿望实现

我要种很多很多树

一棵长满鲜花

Berikan kepada kanak-kanak yang sedang mengalami peperangan

Mereka kesemuanya sangat miskin

Tidak mampu beli roti

Saya mahu menanam sebanyak pokok yang mampu

Sebanyak yang mungkin

Berikan kepada kanak-kanak yang berada dalam peperangan

Membolehkan mereka bebas dari bom dan serangan

Mereka berasa sangat takut

Suara bom begitu lantang

Saya mahu menanam sebanyak pokok yang mampu

Sebanyak pokok yang mungkin

Mengajar kanak-kanak yang hidup aman damai

Belajar melindungi alam sekitar

Tidak membalak sesuka hati

Tidak mencemarkan laut dan sungai sekali-kali

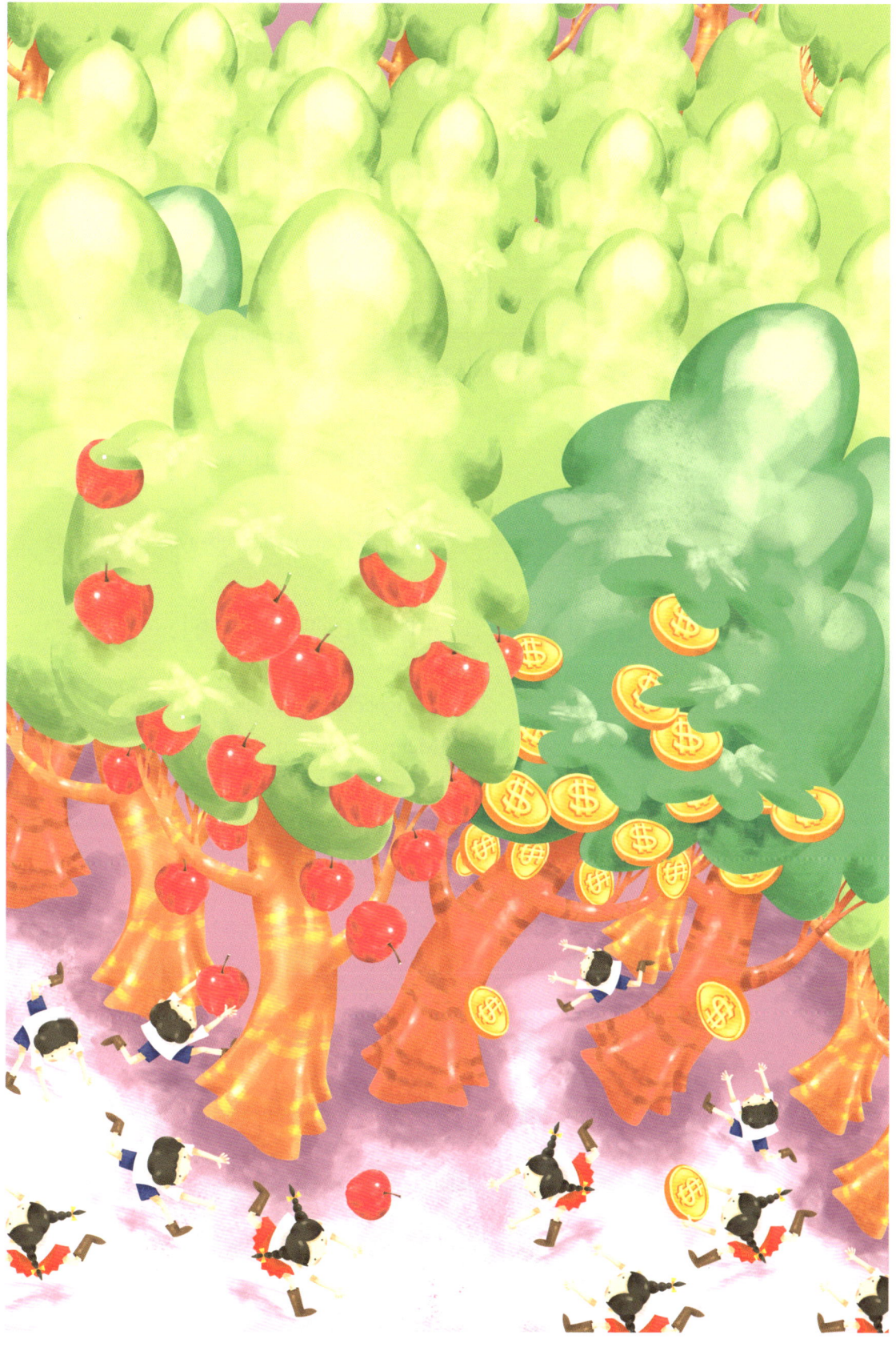

给坟墓中的小孩
他们都闭着眼
像熟睡的天使

Saya mahu menanam sebanyak pokok yang mampu

Sepohon pokok itu berhasil penuh dengan harapan

Beri kepada kanak-kanak yang sedang berdoa

Mereka pejamkan mata

Mendoakan impian mereka ditunaikan

Saya mahu menanam sebanyak pokok yang mampu

Sepohon pokok itu berhasil dengan bunga segar

Menghadiahkan kanak-kanak di kubur

Mereka pejamkan mata

Seperti malaikat yang sedang tidur

数字人生

Kehidupan Angka

林健文
Lim Kean Boon

我竟然来回跑了商场的楼梯，两次
A 和 B 的苹果仍旧分不均匀
街道的路灯是左右或前后照明
笼里的鸡兔喋喋不休
小明的年龄为何比妈妈大
童子军的船划到对岸数十遍
哥哥和弟弟又加又减的争执
妈妈的脑袋同时塞不进长方形和圆形
时钟的分针竟然逆转

Tidak sangka saya sudah berlari ulang-alik dua kali tangga di pusat beli-belah
Epal bagi A dan B masih tidak seimbang
Lampu jalan terang memancar di kiri kanan atau depan belakang
Ayam dan arnab yang dipelihara dalam sangkar berbisik-bisik tidak kesudahan
Umur Si Ming mengapa lebih tua daripada ibunya?
Kapal pengakap belayar ke pesisir berpuluh-puluh kali
Abang adik berulang kali bergaduh

我的脑袋好晕
晃得像天上的星星
我都数不清了
这些数字混乱的游戏
不好玩
上下还要分母子
左右还要分万千
不就是同一个数字
怎么都不一样

三十年前妈妈比我还要小
我把公园的路灯都数完
只能看着跷跷板左右摆动
右边还是左边重
秋千荡得好高
一分钟能荡几次?
哥哥今天跑了几公里?
不好玩
吹气球还得算数量
喝水还要问公升
我不要数字
可否给我标点符号?

Otak ibu tidak boleh diajar segi empat panjang dan bentuk bulat

Jarum minit jam berpusing lawan arah

Saya cukup pening

Pening seperti bintang di atas langit

Sehingga saya tidak dapat mengira jumlahnya

Permainan angka yang mengelirukan

Tidak seronok

Atas bawah masih perlu diagihkan sebagai penyebut dan pembilang

Kiri kanan masih perlu diagihkan sebagai puluh ribu dan ribu

Bukankah kesemuanya satu angka

Mengapa kesemuanya tidak sama

Tiga puluh tahun yang lalu ibu lebih kecil lagi berbanding saya

Saya telah membilang kesemua lampu jalan di taman

Hanya dapat saya lihat jungkang-jongket menjongket kiri kanan

Yang mana berat kanan atau kiri?

Jongkang-jongket menjongket dengan tingginya

可否给我拼音音符图画?

数字呀数字

就是人生

数字呀数字

就是生活

Satu minit berapa kali?

Abang berlari berapa kilometer hari ini?

Tidak seronok

Meniup belon perlu lagi mengira jumlahnya

Minum air perlu juga mengira berapa liter

Saya tidak mahu angka

Bolehkah bagi saya tanda baca?

Bolehkah bagi saya *pinyin*, simbol muzik serta gambar?

Angka oi angka

Inilah kehidupan

Angka oi angka

Inilah kehidupan

钥 匙
Kunci

林健文
Lim Kean Boon

我多么渴望有一把钥匙

可以打开一座游乐场

里面有数不尽的旋转木马、云霄飞车、摩天轮

这里的时间不会移动

树木不会长高

花朵不会凋谢

天空永远蔚蓝

草地永远碧绿

游乐场没有干扰

没有功课作业课外活动

Betapa saya mengharap inginkan sebatang kunci

Boleh membuka sebuah taman permainan

Dalam taman itu penuh dengan kuda berpusing, *roller coaster*, dan juga roda *Ferris*

Masa di sini tidak akan berlalu

Pokok tidak akan membesar

Bunga tidak akan layu

Langit sentiasa berwarna biru

Ladang sentiasa berwarna hijau

Taman permainan tidak ada sebarang gangguan

钥 匙
Kunci

没有唠叨没有呢喃
没有烦琐的家务拥挤的交通
我想爸爸妈妈也会喜欢

我多么渴望有一把钥匙
可以打开一座图书馆
里面有科学地理历史
还有每个人都喜欢的漫画
可以无约束地阅读
这里的沙漏不会流动
可以随意筑搭一座百科全书城堡
可以品尝牛顿的苹果
实验爱迪生的灯泡
我想你会喜欢
植物大战僵尸的疯癫
皮卡丘的电击
猪猪侠的勇敢

我想拥有一把打开快乐的钥匙

Tidak ada kerja sekolah dan ko-kurikulum
Tidak ada bisikan dan teguran
Tidak ada kerja rumah dan jalan yang sesat
Saya rasa ibu bapa saya juga suka akan taman ini

Betapa saya mengharap inginkan sebatang kunci
Boleh membuka sebuah perpustakaan
Di dalamnya ada sains, geografi dan juga sejarah
Dan juga komik yang digemari orang ramai
Boleh membaca secara bebas
Jam pasir di sini tidak akan bergerak
Boleh membina seratus kota ensiklopedia pada bila-bila masa sahaja
Boleh makan epal *Newton*
Boleh buat eksperimen mentol *Edison*
Saya rasa kamu suka akan
Tumbuhan melawan zombi yang gila-gila
Kejutan elektrik dari *Pikachu*
Dan juga keberanian *GG Bond*

Saya inginkan sebatang kunci yang boleh melepaskan kegembiraan

风娃娃
Si Angin Tu Si Budak

刘育龙
Lew Yok Long

风娃娃
最爱吹奏
我们挂在阳台的
那一串竹制风铃
"咚咚"
他小声地吹
"当当"
他稍微用力地吹
当他越吹越高兴时
整栋公寓
也成了他的口琴
"呜呜"地响了起来

Si Angin tu si budak
Suka meniup-niup mainkan lagu
Setandan buluh yang diikatkan di balkoni
Adalah loceng angin yang mengerti nyanyian
'Dong, Dong'
Rupanya si angin nyanyi dengan lemah lembut
'Dang, Dang'
Rupanya si angin meningkatkan kenyaringannya
Semakin gembira si angin meniup-niup
Satu kondo bagaikan harmonika dibuatnya
'Wu, Wu' mulanya kedengaran

我的志愿

Cita-cita Saya

刘育龙
Lew Yok Long

我的志愿
Cita-cita Saya

我的志愿
是当一名神通广大的邮递员

我要把我的敬意
变成一把梳子
寄给为了教导我学好英文
被我气得又叫又跳的阿姨
让她梳一梳
乱了的头发

我要把刚出生的妹妹
来到我家的快乐
塞进一张彩色的照片中
寄给住在乡下的外公外婆
把我们的开心
传到他们的脸上

我要把我的安慰
化作一阵微风
寄给哥哥刚去世的安安表弟
为他吹走悲伤

Cita-cita saya
Ialah menjadi seorang abang kurier yang cukup *power*

Mahu juga saya titip penghormatan
Ke dalam satu sikat yang sedia ada
Kemudian dihantar kepada
Seorang insan yang niatnya untuk mendidik saya belajar Bahasa Inggeris dengan jaya
Itulah mak cik saya yang mengajar sampai marah dan menghentakkan kaki
Untuk beliau menyisir
Rambut yang terlihat berantakan

Mahu juga saya titip kegembiraan
Kedatangan adik perempuan dalam keluarga kita
Ke dalam satu gambar yang berwarna-warni
Kemudian dihantar kepada
Atuk nenek yang tinggal di kampung
Biarlah keriuhan kita
Terukir di wajah mereka jua

Mahu juga saya titip takziah
Minta kirim tiupan angin
Kemudian dihantar kepada

我要把我的歉意

化作柔软的海绵

寄到妈妈的眼里

吸干她因为我做错事

流下的眼泪

我还要把我自己

寄给在外国工作的爸爸

让他给我一个

暖暖的拥抱！

Sepupu saya atas kematian abangnya yang tercinta

Mintalah angin bawa pergi kesedihannya

Mahu juga saya mohon maaf

Harap ia menjadi kapas *span* yang lembut

Kemudian dihantar kepada ibu

Tolonglah kesat air mata ibu

Yang menitis dek kesalahan yang saya lakukan

Mahu juga saya

Menghantar diri kepada bapa yang bekerja di luar negara

Biarlah dia berikan saya

Satu pelukan yang cukup membahagiakan!

小雨点
Titisan Hujan

刘育龙
Lew Yok Long

小雨点
是喜欢流浪的旅行家
浮云是他们的飞行船
风儿是推进器
载着他们
游遍了世界各地

小雨点
是粗心大意的画家
他们把白云涂成黑色
把青山涂成灰色
还把妈妈来不及收回来的衣服
全涂上深深的颜色

小雨点
是蹦蹦跳跳的音乐家
他们从天边
跳到对面王先生家的屋顶上
再跳到我家的五脚基[1]

---

[1] 五脚基,指在新加坡或马来西亚的闽南移民习惯称骑楼下的走廊。该词汇源于马来文的"kaki lima"。

Titisan hujan
Ialah pengembara yang suka merayau ke sana sini
Awan yang terapung itu kapal layar terbang kepunyaannya
Angin itu enjin ekzos khas buatannya
Membawa mereka
Menjejak kaki ke seluruh dunia

Titisan hujan
Ialah pelukis yang cuai
Mereka melukis awan berputihan menjadi hitam
Melukis gunung berhijauan menjadi kelabu
Baju-baju yang ibu sidai tidak sempat dikutip
Melukis juga warna kegelapan kesemuanya

Titisan hujan
Ialah ahli muzik yang menari-nari
Mereka melompat dari hujung langit ke sini
Sampai ke bumbung rumah Encik Wong nun jauh di sana
Terus melompat sampai ke koridor rumah saya

小雨点
Titisan Hujan

一边跳跳跳
一边演奏着乐曲：
滴滴答
沙沙沙
哗啦哗啦

小雨点
是好玩的小顽童
他们喜欢弹一弹电线
他们喜欢踩一踩柏油路面
他们喜欢闻一闻我家的富贵花
他们喜欢——
在铁丝网上玩过山车游戏

小雨点
是神奇的魔术师
他们变快行人的脚步
变慢车子的速度
他们把白天变成黑夜
把热热的天气
变得凉凉的

Sambil melompat,melompat,melompat
Sambil memainkan lagu-lagu
'Di,Di,Da'
'Sha,Sha,Sha'
'Huala,Huala'

Titisan hujan
Ialah budak nakal yang suka main
Mereka suka menjentik wayar elektrik
Mereka suka memijak permukaan jalan raya
Mereka suka menghidu bunga Adenium
Mereka suka
Permainan *Roller Coaster* yang ditempatkan di atas jala dawai besi

Titisan hujan
Ialah ahli silap mata yang menyihir
Mereka mempercepatkan perjalanan orang yang sedang berlalu
Mereka memperlahankan kelajuan kereta
Mereka menukar siang kepada malam
Mereka mengubah cuaca penuh kepanasan kepada cuaca riang nyaman
Dan juga mereka memberkati tidur petang

还把我的午觉 saya
变得甜甜的 Yang cukup lena dan selesa

孩子的话

Bisikan Budak

年　红

Nian Hong

不求电动玩具
不要名牌球衣
也不想新式手机
只渴望风筝轻轻飞起

不要天天补习
不想整日涂黑 ABCD
更不愿当考试机器
只渴望拥抱青草地

没有马良的神笔

Tidak pun meminta alat permainan elektrik
Tidak pun mahu baju berjenama
Tidak juga impikan telefon pintar yang canggih
Hanyalah mengharapkan lelayang itu melayang perlahan-lahan

Tidak mahu tuisyen setiap hari
Tidak ingin hitamkan huruf ABCD sepanjang hari
Lagi-lagi tidak rela menjadi mesin menjawab peperiksaan

孩子的话
Bisikan Budak

不见长袜子皮皮
不知谁是科罗狄
眼前只有没完没了的习题

亲爱的爹地和妈咪
考得 BC 也一样能升级
有 A 自然欢喜
没 A 又何必生那么大的气

难道童年的美好回忆
就只是考试的
成绩
成绩
成绩

  Hanyalah mengharapkan berpelukan dengan padang yang kehijauan

  Tiada pen ajaib Ma Liang
  Tidak jumpa jua Stoking Panjang Pi Pi
  Entah siapa dia *Pinocchio*
  Yang singgah depan mata hanyalah soalan-soalan peperiksaan yang tidak habis-habis

  Abah dan Ibu yang dicintai
  Dapat BC pun saya tetap boleh sambung belajar
  Ada A memang patut berasa gembira
  Tidak dapat A usahlah marah-marah

  Tak akan mahu buat peringkat zaman kanak-kanak saya hanya tinggal kenangan
  Keputusan peperiksaan
  Keputusan peperiksaan
  Keputusan peperikasaan

那一夜
Malam Itu

年　红
Nian Hong

那一夜
我忘了把窗关上
风儿便溜了进来
翻阅桌上那本
《快乐王子》

不一会儿
雨也溜了进来
在那本
《快乐王子》的末页
滴满了泪

Malam itu
Terlupa saya tutup tingkap
Angin menyelinap masuk
Membelek buku di atas meja
Yang berjudul *Putera Yang Gembira*

Sekejap lagi
Hujan menitis juga
Di atas buku itu
Pada muka surat terakhir *Putera Yang Gembira*
Dibasahkan dengan kesan air mata yang ditinggalkan

小 草
Rumput

年　红
Nian Hong

我们唱着	Sedang kita menyanyi
老师刚教的歌儿	Lagu yang baru diajar oleh cikgu
赞美小草是	Menyanjung rumput
英勇的战士	Ibarat wira yang gagah
时时与风雨	Sentiasa berdepan dengan angin dan hujan
作战	Demi perjuangannya
我们用着	Sedang kita mengguna
老师刚分给的小铲	Tajak kecil yang baru diberikan oleh cikgu
在花圃中	Demi tanaman bunga
一铲又一铲地	Secangkul demi secangkul
	Wira yang baru tadi

把歌儿中

英勇的战士

消灭

Masih disanjung dalam nyanyian

Dihapuskan

村　童

Budak Kampung

宋飞龙
Song Fei Loong

手指	Semasa membuat gasing
削木陀螺时	Jarinya
被工具刀	Terhiris pisau
割伤	
	Semasa membuat lelayang
掌心	Tapak tangannya
制作风筝时	Tertusuk oleh buluh yang tajam
被竹尖	
刺伤	Apabila bermain sorok-sorok di ladang tebu
	Muka dan tangannya
	Tercalar oleh daun tebu yang tajam
在甘蔗田里玩捉迷藏	

他的脸他的手臂

被锋利的甘蔗叶

刮伤

赤足奔跑时摔跤

骑脚踏车时跌倒

他的膝盖他的手肘

被粗粝的石子

磕伤

他的身上

布满大大小小的伤

可是

他很快乐

他很高兴

因为

因为那些大大小小的伤

是欢乐无忧的童年

送给他的

大大小小的

—— 奖章!

Terjatuh semasa berlumba lari dengan berkaki ayam

Terjatuh apabila mengayuh basikal

Lutut dan sikunya

Terhantuk pada batu-batu yang kasar

Di sana sini

Badannya penuh dengan luka-luka yang kecil yang besar

Tetapi dia gembira

Dia riang ria

Kerana

Kerana luka-luka yang kecil yang besar itu

Adalah pingat-pingat yang kecil yang besar

Yang dihadiahkan oleh zaman kanak-kanak yang gembira dan riang ria

Kepadanya

呼呼吹拂的风
Angin Yang Bertiup Kencang

宋飞龙
Song Fei Loong

他吹动所有旗帜
让它们猎猎作响
他吹动所有风帆
让舟船启航
他追逐天边的云朵
也在辽阔的海面上
追鸥逐浪

他吹开春天的花朵
吹绿夏天的枝丫
他吹软柳条
也吹落老树的枯发

Dia mengibarkan semua bendera
Supaya mereka berkibar dengan bunyi yang lantang
Dia meniupkan semua layar kapal
Supaya kapal layar memulakan pelayaran
Dia mengejar awan yang jauh di langit
Dia juga berkejaran dengan burung Camar dan ombak
di permukaan lautan yang luas

Dia memekarkan kuntum bunga di musim bunga

他摇醒风铃
推动风车的臂膀
他让风筝
在天空里徜徉
他让翅膀
在蓝天下飞翔

他也走进幽深的林子
跟树木说悄悄话
他也和片片落叶
玩捉迷藏
还跟潺潺的小溪
边走边唱

他是风
他是呼呼吹拂的风
吹过江河 吹过田野
吹越高山 吹越大海

他是风
他是快乐的风
他要呼呼吹遍
每一个梦想可以到达的地方

Menghijaukan dedahan pokok di musim panas

Dia melembutkan batang pokok Willow

Dia juga meleraikan daun kering

dari pokok yang usang

Dia membangunkan loceng angin

Menggerakkan lengan kincir angin

Dia membolehkan lelayang

berterbangan di angkasa

Membolehkan sayap

berterbangan di bawah langit nan biru

Dia juga menyelinap ke dalam hutan yang sunyi

Berbisik-bisik dengan pepokok

Dia juga bermain sorok-sorok dengan dedaun yang luruh

Dia juga bersiar-siar dengan anak sungai

Sambil berjalan sambil menyanyi dengan riang

Dia adalah angin

Dia adalah angin yang kencang

"一带一路"沿线国家儿童文学经典书系（第一辑）·马来西亚卷
Siri Buku Klasik Kesusasteraan Kanak-kanak
The Belt and Road（Jilid 1）· Jilid Malaysia

Melintasi sungai merentasi sawah bendang

Melangkaui gunung yang tinggi menyeberangi lautan yang luas

Dia adalah angin

Dia adalah angin yang riang ria

Dia ingin bertiup dengan kencang

Sehingga tiupannya sampai ke seluruh pelusuk yang boleh diidamkan

榕树下
Di Bawah Pokok Banyan

宋飞龙
Song Fei Loong

榕树下
我们游戏的天地
日头晒
榕树会替我们
遮挡炎炎烈日
风吹来
榕树手舞足蹈
给我们加油打气
他还把阳光
筛成一块块金币
撒在凉凉树荫里

Di bawah pokok Banyan
Adalah sudut permainan kami
Apabila mentari mengganas
Pokok Banyan memberi teduhan kepada kami
Apabila angin bertiupan
Pokok Banyan tari menari
Memberi kami semangat dan sokongan
Dia mengayak pancaran mentari menjadi kepingan siling emas
Menaburkan mereka di dalam teduhan pokok yang nyaman

让我们一一捡起
啊 我们是
多么富有的孩子

榕树下
我在把朋友等待
他说放学后
我们在榕树下见
他知道了一个天大的秘密
要说给我听
凉凉的榕树下
啊 多少童年的约定
多少等待的美丽

酷日炎炎 热浪滚滚
榕树下
冰水小贩冰激凌小贩
摇响了铃铛
叮叮当当叮叮当当
一声声在催促：
渴了吧? 渴了吧?
快! 快来买一杯

Kami boleh mengutip siling-siling emas itu keping demi keping

Ah, kami adalah budak-budak yang begitu kaya raya

Di bawah pokok Banyan
Saya sedang menunggu kawan
Dia berpesan untuk berjumpa di bawah pokok Banyan selepas sekolah
Katanya dia telah mengetahui suatu rahsia yang besar
Ingin berkongsi dengan saya
Di bawah pokok Banyan yang nyaman
Ah, betapa banyak janji manis zaman kanak-kanak
Betapa banyak penantian yang indah

Mentari mengganas
Gelombang udara panas hangat
Di bawah pokok Banyan
Penjaja minuman dan penjaja ais krim membunyikan loceng
Ding Ding Dang Dang
Ding Ding Dang Dang

清凉解渴的仙草冰！
快！快来买一根
清凉消暑的
冰激凌！

傍晚吃过饭
我们搬来板凳木椅
围坐在榕树下
听村里的老人谈天说地
晚风徐徐　虫鸣声声
月亮爬上了榕树梢头
我们身旁
闪闪烁烁
飞满了美丽的星星……

Mereka memujuk berulang-ulang
Sudah haus? Sudah haus kan?
Mari! Mari beli segelas minuman cincau yang menghilangkan dahaga!
Mari! Mari beli sebatang ais krim yang menyejukkan!

Selepas makan malam
Kami membawa kerusi bangku
Duduk di bawah pokok Banyan dalam bulatan
Kami mendengar orang tua di kampung bercerita mengenai peristiwa yang silam
Angin malam bertiup sepoi-sepoi bahasa
Kedengaran tinggi rendah bunyi serangga
Bulan mengambang di atas kepala pokok Banyan
Di sekitar kami
Berterbangan bintang-bintang indah yang berkerlipan…

风姐姐要梳头
Kak Angin Mahu Tolong Sikat Rambut

王振平
Wong Ching Ping

风姐姐要为草儿们梳头
草儿们乖乖地站着
任由她梳成"清汤挂面"

风姐姐要为叶儿们梳头
叶儿们很不听话
一会儿东一会儿西
弄得风姐姐一时手忙脚乱

风姐姐要为大海梳头
大海不喜欢她梳的发型

Kak angin mahu tolong si rumput rumpai sikat rambut
Si rumput rumpai berdiri dengan tertib
Biarlah Kak angin sikat ramput menjadi stail mi *Maggie*

Kak angin mahu tolong sikat rambut si daun-daun
Si daun-daun tidak bagi
Sekejap tumpang ke kiri sekejap tumpang ke kanan
Kak angin tetiba menjadi kalut

风姐姐要梳头
Kak Angin Mahu Tolong Sikat Rambut

他把怒气发泄在岸上
抗议被梳得满头波皱

风姐姐要为房屋们梳头
房屋们最顽固
他们偏偏不要风姐姐梳头
一个个脑袋瓜都用钉子钉住

这下子风姐姐生气了
她用力梳过一间间房屋
倒霉的屋顶被梳出破洞

Kak angin mahu tolong si laut sikat rambut

Si laut tidak suka akan stail rambut yang disikat

Si laut marah lalu melepaskan geramnya terhadaap pesisir pantai

Si laut mengadu rambutnya jadi serabut

Kak angin mahu tolong si rumah sikat rambut

Si rumah degil betul

Si rumah tidak mahu kak angin tolong sikat rambut

Si rumah paku otak lalu tidak boleh bergerak

Kali ini kak angin naik angin

Dia menyapu rumah satu demi satu

Si rumah yang cukup malang bumbung disikat pecah membentuk satu lubang besar

给爸爸的信
Surat Ditulis Buat Ayah

王振平
Wong Ching Ping

给爸爸的信是一艘船
扁平的一艘船
信中载着我的关怀
感谢像伟大魔术师的爸爸
在外地变出一笔又一笔家用
不知工作压力在爸爸脸上
还压出多少条皱纹

给爸爸的信是一艘船
扁平的一艘船
信中载着我的生活点滴

  Surat yang ditulis buat ayah bagai sebuah kapal laut
  Sebuah kapal laut yang cukup kurus kering
  Surat itu menuntun kesayangan saya terhadap ayah
  Terima kasih kepada ayah yang berkaliber seperti ahli magik
  Mencari rezeki satu demi satu di tempat jauh
  Tidak ambil tahu tekanan kehidupan telah mengukir banyak kedutan di muka ayah

没有爸爸在身边
妈妈还是管家婆
管我有没有做功课
管我有没有吃菜

给爸爸的信是一艘船
扁平的一艘船
信中载着我的思念
如果钻进爸爸的臂弯里
爸爸的故事是风火轮
连日带我游览神奇世界

希望给爸爸的信
越过蓝蓝的大海
在远方登陆了
将我的关怀和思念
尽快在爸爸手中卸下

Surat yang ditulis buat ayah bagai sebuah kapal laut
Sebuah kapal laut yang cukup kurus kering
Surat itu membawa mesej kehidupan saya
Walaupun ayah tidak ada di sisi
Ibu masih seorang penjaga yang tegas
Tegas akan saya buat kerja rumah atau tidak
Tegas akan saya makan sayur atau tidak

Surat yang ditulis buat ayah bagai sebuah kapal laut
Sebuah kapal laut yang cukup kurus kering
Surat itu membawa kerinduan saya
Jika berkesempatan mahu berselindung dalam pelukan ayah
Cerita ayah bagai kasut roda berapi
Membawa saya berkunjung ke dunia yang penuh dengan kemitosan ini

Harap-haraplah surat yang ditulis buat ayah
Menyeberangi lautan yang biru-biruan
Mendarat di tempat yang jauh-jauh

给爸爸的信
Surat Ditulis Buat Ayah

Membawa kasih sayang dan kerinduan saya
Kirim sampai ke tangan ayah saya dengan secepat mungkin

到公公的菜园去
Santai-santai Ke Kebun Sayur Atuk

王振平
Wong Ching Ping

到公公的菜园去
太阳是一个烤炉
毫不留情地为大地加温
把公公的面孔烤得黧黑

到公公的菜园去
风儿爱管闲事
一会儿绕着棵棵菜苗
一会儿数数株株杂草
我多希望它来帮忙
吹干公公脸上淌下的颗颗汗珠

Santai-santai ke kebun sayur atuk
Matahari bagai satu *oven*
Meningkatkan suhu bumi tanpa bertimbang rasa
Menyalai muka atuk sehingga jadi hitam

Santai-santai ke kebun sayur atuk
Si angin suka jaga tepi kain orang lain
Sekejap berpusing di tepi anak pucuk sayur
Sekejap mengira berapa banyak pucuk rumput
Berharap sangat dia datang membantu

到公公的菜园去
Santai-santai Ke Kebun Sayur Atuk

到公公的菜园去
菜园是公公的书本
种菜是公公的知识
公公说
蔬菜吃下过量的农药
会造成消化不良
让我们吃了也吐不出毒素

到公公的菜园去
公公那双沾满泥巴的双手如变魔术般
让菜苗们都想争先恐后地把身子伸高
连勤劳的蚯蚓都乐意帮菜园翻土
只有蝗虫和杂草最可恶
总是寻找机会
只要公公一懒惰
它们就到菜园胡闹

到公公的菜园去
绿绿的菜园如一本日记

Mengeringkan titisan peluh yang merenik-renik di muka atuk

Santai-santai ke kebun sayur atuk
Kebun sayur ialah buku bagi atuk
Teknik tanaman itu ilmu pengetahuan atuk
Atuk berkata
Sayur yang makan terlebih racun perosak
Menjadi perut senak
Selepas manusia makan racun yang ditelan sukar dimuntah

Santai-santai ke kebun sayur atuk
Tangan atuk yang disaluti tanah-tanih bagai sedang main magik
Membolehkan anak pucuk sayur berlumba-lumba meninggikan badan
Cacing yang rajin juga sudi membantu melonggarkan tanah di kebun atuk
Belalang dan rerumputan sangat benci
Selalu mengambil kesempatan
Sekali atuk berat tulang
Kecoh mereka di kebun atuk

记录着他生活的秘密
偷偷在头顶植下银丝的岁月
让公公一讲起他的故事
会感慨地握住我的手
叫我爱惜光阴
叫我努力读书

到公公的菜园去
倦了太阳要躲进山里
"公公,回家了!"
远远还看到公公的弯弯背影
默默陪着菜园

Santai-santai ke kebun sayur atuk

Kebun yang kelihatan berhijauan tak ubah diari

Mencatat kesemua rahsia kehidupannya

Secara rahsia meninggalkan uban di kepalanya

Ketika atuk ceritakan saya peristiwa beliau

Denga keluhan sambil tangan saya dipegang olehnya

Berpesan jangan saya lepaskan masa begitu sahaja

Belajar bersungguh-sungguh

Santai-santai ke kebun sayur atuk

Matahari yang sudah penat berselindung di sebalik gunung

"Jom, kita balik rumah, atuk!"

Bayang atuk yang membongkok jauh kelihatan lagi

Masih menemani kebun sayur yang sunyi

寂 寞

Kesunyian

萧丽芬
Syaw Lai Fun

楼下那盏月
一定是不会看日历
十五过了那么久
还亮着
亮到下一个十五
也还亮着
不累哦

啾啾天上那盏
聪明绝了
一个月上一天晚班

Bulan di tingkat bawah
Mesti tidak mengerti membaca kalender
Hari ke 15 sudah lama berlalu
Masih memancar sinar
Sehingga hari ke 15 yang seterusnya
Masih juga memancar sinar
Tidak mengerti letihkah?

Jenguk bulan di atas langit
Betapa dia cerdik pandai
Sebulan hanya bertugas satu malam
Masa lain hanya tunjuk hidung sahaja

其他时候顶多露个鼻尖儿
惹得大家尽想她
巴巴地写诗谱曲
久久吟唱
可她说好十五就十五
傲娇了千万年

楼下的月亮啊
你说你傻不傻
要不是不会看日历
就一定是寂寞了

Membuat semua orang rindu akan dia
Mabuk tulis dan gubal puisi demi dia
Berzikir dengan sepanjang masa
Tapi dia menyatakan yang dia hanya bertugas pada hari ke 15 sahaja
Keegoannya kekal sekian jutaan tahun

Bulan di tingkat bawah
Betapa bodoh kamu
Jikalau bukan disebabkan tidak mengerti baca kalender
Mesti disebabkan kesunyian yang dialami

有人说谎
Ada Orang Berbohong

萧丽芬
Syaw Lai Fun

我悄悄告诉你噢
我怀疑有人说谎
说什么站在小河里
鱼儿会来亲他的脚
奇怪了
小河不是养塑料袋的地方吗?
说什么放学后玩弹珠放风筝
那钢琴芭蕾补习珠算怎么上?
又说捡一把相思豆
就能玩整个下午
啧啧啧,不会吧……

Biar saya beritahu kamu secara rahsia
Sangsinya ada orang berbohong
Katanya jika berdiri dalam aliran air di sungai
Ikan-ikan akan datang mencium kakinya
Hairan aku
Bukankah sungai itu tempat memelihara beg plastik?
Katanya selepas kelas boleh main guli-guli dan lelayang
Mana letaknya slot masa untuk piano, balet dan kelas abakus aritmetik?

有人说谎
Ada Orang Berbohong

相思豆……想谁了?
怎么可能玩整个下午
所以我怀疑
有人说谎
不然
我怎么一次都没见过河里有鱼
还有那不晓得想念谁的豆
可见
真的有人说谎

Katanya pergi kutip segenggam biji saga merah
Biji saga merah ini bolehlah main sepanjang petang
Zee zee zee …tidak mungkin
Biji saga merah yang melambangkan kerinduan ini rindu akan siapa?
Mana mungkin biji saga merah ini boleh main sepanjang petang
Maka saya sangsi
Ada orang berbohong
Kalau tidak
Mengapa saya tidak pernah jumpa ikan di dalam sungai
Dan tidak pernah juga biji saga merah yang rindu pada sesiapa
Maka
Memang ada orang berbohong

大家都说他不好

Semua Orang Kata dia Tidak Baik

萧丽芬
Syaw Lai Fun

他呀
不管大家怎么指使
都一丝脾气也没有
始终有求必应
寂寞时 给你游戏娱乐
紧急时 提供百般相助
想购物 他就是商场
有疑难 他有问必答
缺聊伴 他是朋友圈
要听歌 他是演唱会
付款领路开会发信息

Dia ni
Tidak kisah apa yang orang suruh
Memang dia tidak ada sebarang perangai buruk
Akan tetap melakukan apa yang diminta
Bila dalam kesunyian, dia akan bagi kamu permainan sebagai hiburan
Bila dalam masa kecemasan, dia akan memberi sebarang bantuan yang mampu
Bila ingin membeli-belah, dia menjadi pusat beli-belah
Bila ada persoalan, dia mesti jawab

无所不能，无所不精

可大家还说他不好

各种研究证实他危害健康

说尽各种坏话

却又不离不弃

然而他最讨人欢心的地方

就是当大人要我们闭嘴时

他瞬间就能把我们变安静

我知道你知道我在说的是谁

因为就在这个瞬间

有人正与他心手相连

kesemuanya

Bila tiada orang yang boleh bersembang, dialah calon paling baik untuk bercakap

Bila ingin mendengar lagu, dialah konsert nyanyian

Untuk bayar bil, tunjukkan hala tuju perjalanan, mesyuarat dan hantar mesej

Kesemuanya boleh dilakukannya, tidak ada apa yang dia tidak mengerti

Tetapi masih semua orang kata dia tidak baik

Pelbagai dapatan penyelidikan menunjukkan dia membawa kerosakan kepada kesihatan

Pelbagai kata buruk terhadap dia

Tetapi masih tidak ada sesiapa sanggup tinggalkannya

Ada kebaikannya yang paling menarik hati

Apabila orang dewasa meminta kita berdiam diri

Dia lantas menjadikan kita diam

Saya tahu, kamu faham siapa yang saya tunjukkan

Pada saat ini

Ada orang sedang berpegang tangan dengan dia

默迪卡的魔法
Magik Merdeka

郑秋萍
Tei Chew Peng

东姑阿都拉曼展现了
默迪卡[1]的魔法
变 变 变
把各民族的心结在一起
变 变 变
把英国人变回英国去
把米字旗变成红白线条
把一九五七年变成纪念
把八月三十一日变成国庆

[1] 默迪卡：音译自马来文的"MERDEKA"，意即"独立"。

Tunku Abdul Rahman telah mempersembahkan
   magik merdeka
Tukar tukar tukar
Mengikat hati berbilang kaum manjadi satu
Tukar tukar tukar
Pindahkan orang England balik ke England
Tukarkan bendera berbentuk silang lurus menjadi bendera berwarna merah putih
Tukarkan tahun 1957 sebagai tahun yang cukup bermakna

默迪卡的魔法
Magik Merdeka

变 变 变
把马来亚变成马来西亚人的祖国
把爱国变进人民的心里

吧嗒吧嗒 吧嗒吧嗒
烟花开满了天空
给默迪卡的魔法
最美丽的祝福

Tukarkan 31 hari bulan Ogos itu Hari Merdeka
Tukar tukar tukar
Tukarkan Malaya menjadi tanah air semua rakyat Malaysia
Semaikan rasa cinta pada negara ke dalam hati semua rakyat Malaysia

Pli-pla Pli-pla
Ledakan bunga api mekar di langit
Khas untuk magik merdeka
Inilah doa yang paling ikhlas

放假了
Cuti Dah

郑秋萍
Tei Chew Peng

放假了
放假了
勤劳的闹钟不休息
铃铃铃
把我从床上推醒

窗外太阳伸手热情招呼着：
嘿，快出来做体操！
墙上风筝扭着腰在撒娇：
哎，快带我到公园去！
桌上电脑黑着脸诉苦：

Dah cuti ni
Dah cuti ni
Yang rajin tak pernah rehat jam loceng itu
Ling Ling Ling
Tolak saya yang masih berbaring di atas katil

Matahari penuh keriuhan menyapa sambil menghulur tangannya
Hei, cepatlah keluar, jomlah mari bersenaman bersama !
Lelayang yang diikat di dinding manja

唉，我已经好久没游戏了！

别闹别闹
你们都别再闹了
我要上补习班啦！
回来再陪你们吧！

放假
真是太忙了！

menggoyangkan pingganya
Eiks, cepat bawalah saya ke taman!
Komputer yang berada di atas meja bermasam muka pula sambil mengeluhkan kepahitannya
Eiks, lama saya tidak main *game* dah!

Cukup dah cukup
Jangan kamu semua buat kecoh lagi
Saya masih perlu pergi ke kelas tuisyen
Tunggulah saya balik baru sambung bersembang

Cuti dah
Tapi cukup sibuk saya ni!

圣诞节
Hari Natal

郑秋萍
Tei Chew Peng

叮	Ding
叮当	Ding Dong
小松树醒啦	Pokok Konifer sudah bangun
伸出	Hulurkan
许多小小手	Tangan-tangannya yang cukup halus
欢迎客人来拜访	Ucapkan selamat datang kepada pelawat
来了来了	Tiba dah tiba dah
小星星来了	Si bintang tiba dah
小星星一跳 啊 站在头顶上	Dengan satu lompatan si bintang sudah berdiri di atas kepala pokok Konifer
小心	Berhati-hati
别掉下来哦!	Jangan kau jatuh dari atas

圣诞节
Hari Natal

来了来了
灯泡家族全来了
红的 黄的 橙的 蓝的 紫的 绿的
手拉手
兴奋地 跑啊跑
转了一个圈子又一个圈子
电流一来 眼睛全都亮起来了!
礼物
笑着
坐下
欢愉的圣诞节
已经来临了!

Tiba dah tiba dah
Mentol sekeluarga tiba dah
Ada merah, kuning, oren, biru, ungu dan hijau
Sekeluarganya bersama-sama berpegang tangan
Berlumba-lumba berlari-lari dengan begitu gembira
Satu pusingan demi pusingan
Bila aliran elektrik disambungkan terus mata sekeluarga menyala!
Hadiah
Dengan senyuman lebar
Duduk di bawah pokok Konifer
Hari Natal yang penuh dengan kegembiraan
Semakin dekat dah ketibaannya

鼻子是只馋嘴猫

Hidung Seekor Kucing Yang Makan Dengan Gelojoh

周锦聪
Chew Chin Chong

我猜,鼻子一定比嘴巴馋
嘴巴啊,张得好大好大
跟可爱的周公
在窃窃私语
越谈越起劲时
鼻子突然提醒脑袋:
喂! 奶茶正香
烤面包更香啊
起来吧! 起来吧!

我猜,鼻子可能比眼睛敏锐

Saya sangka, hidung itu lebih pelahap dari mulut
Mulut tu, menganga dengan seluas-luasnya yang mungkin
Bersemuka dengan Atuk Zhou
Semasa berbisik-bisik
Semakin riuh bersembang
Hidung tu tetiba mengingkatkan otak
Hey! Teh susu sangat sedap
Roti bakar lebih sedap
Cepat bangun, cepatlah bangun!

梦境里的鲜花
跟鲜花比美的蝴蝶
还有跟着蝴蝶翩翩起舞的小矮人
明明让我流连忘返
鼻子却来敲我的脑袋：
喂！煎蛋变成小太阳了
鸡扒变成幸运轮盘了
起来吧！起来吧！

鼻子啊鼻子
你是睡觉也在想着吃的
馋嘴猫

Saya sangka, cuba teka, hidung itu lebih cerdas dari mata
Bunga segar dalam impian
Masih ada rama-rama yang bertanding kecantikan
Dan juga si kerdil yang menari mengikut rentak rama-rama
Sebenarnya ini buat saya lupa akan pulang ke rumah
Hidung tu tetiba mengetuk kepala saya:
Hey, telur mata kerbau itu sudah menjadi matahari kecil
Stick ayam sudah menjadi roda
Cepat bangun, cepatlah bangun!

Hidung ah, hidung
Andalah pelahap semasa tidur
Andalah kucing yang makan dengan gelojoh

耳朵是一对小天碟
Telinga Itu Sepasang Piring Antena

周锦聪
Chew Chin Chong

耳朵是一对小天碟
收集各类大自然美妙的声音
鸟儿叽叽喳喳的鸣唱
虫儿唧唧啾啾的合音
树叶告诉大树的秘密
还有月亮跟大海说的悄悄话
耳朵,都快乐地收集着

世界,也是噪音的殖民地
轰隆轰隆的打桩声
呼呼乱吼的汽车飞驰声

Telinga itu sepasang piring antena
Mengumpulkan pelbagai jenis suara dari alam sekitar
Suara bersiul-siul dari burung
Suara berbisik-bisik dari serangga
Daun membocorkan satu rahsia kepada pokok
Ada juga bisik-bisik antara bulan dan laut
Telinga, menghimpunkan kesemua ini dengan hati yang gembira

Dunia ini, juga dunia yang dijajah oleh

耳朵是一对小天碟
Telinga Itu Sepasang Piring Antena

还有一群暴躁的人
互相丢掷的怒骂声
弄得我的小天碟快爆炸了！

可恶的人类啊！
你们
可怜可怜的我小天碟,好吗?

pencemaran bunyi
 Hong long, hong long, itulah suara cerucuk bangunan
 Bunyi bising yang dijana oleh kereta yang berlari-larian
 Dan juga sekumpulan orang yang panas baran
 Saling menyerang dengan bahasa yang kasar
 Hampir-hampir memecahkan piring antena saya!

 Manusia yang menjengkelkan!
 Kamu semua
 sila bertimbang rasa terhadap piring antena saya, boleh?

眉毛，心情的蝴蝶
Bulu Kening, *Mood* Rama-rama

周锦聪
Chew Chin Chong

眉毛,是心情的蝴蝶
当心花怒放时
这对蝴蝶啊
不约而同抖动翅膀
飞得多么高!

眉毛,是心情的蝴蝶
当烦恼压在我心头
当怒火烧到我心头
两只蝴蝶啊
奄奄一息地
缩着翅膀

Bulu kening, ialah *mood* rama-rama
Semasa kita rasa gembira
Sepasang rama-rama ini
Akan menggerakkan sayapnya bersama
Berterbangan di dahi sejauh yang boleh!

Bulu kening, ialah *mood* rama-rama
Semasa saya rasa diseliputi dengan perkara yang memeningkan
Semasa saya rasa kemarahan itu membakar kepala saya
Sepasang rama-rama ini
Mengecutkan sayapnya yang seumpama nazak

变色的康乃馨

Bunga *Carnation* Yang Bertukar Warna

爱　薇

Ai Wei

生命因为全心付出而光辉灿烂，人因无私的爱而变得美丽光彩。

（一）信念与坚持

再过四天就是母亲节了。

这个节日对我们三姐弟来说，那可是最最盼望，也是一个极为重要的日子。

每年的这一天，我们都会用自己最特殊的方式，对平日辛勤

Disebabkan kesanggupan mengorbankan diri sendiri secara sukarela dengan sepenuh hati, kehidupan kita menjadi begitu gemilang dan bermakna, disebabkan kasih sayang dan tidak mementingkan diri sendiri, manusia menjadi begitu indah dan menarik.

1.Keteguhan dan usaha yang berterusan

Empat hari lagi tiba hari ibu.

Hari itu merupakan perayaan yang paling dinanti-nantikan bagi kami tiga beradik kerana ia merupakan satu hari yang begitu penting.

劳苦、为家做出非凡贡献的母亲，表达我们对她的敬爱和感恩的心。对了，我忘了先向大家介绍一下我的母亲。

我的妈妈，哈米达，是我国一家公立医院紧急部门的一名女护士长。当年她从护士学校毕业后，就开始在医院服务，23年来，从一个普通的小护士，晋升到今天的职位，确实不是一件容易的事，那是妈妈坚持的收获。

今年45岁的妈妈，经常对我们姐弟说她非常热爱这份"白衣天使"的工作，因为她不但可以接触到形形色色、各种不同的病人，而且还可以学到很多与医药和健康有关的知识和常识，所以工作得很开心，和同事之间也相处得很愉快、融洽。

我的妈妈，是一个性格开朗、做事细致认真、任劳任怨的人。有时候同事轮值夜班不方便，请

Setiap tahun pada hari ini, kita menggunakan gaya tersendiri yang dianggap paling unik, semata-mata menunjukkan tanda berterima kasih kepada ibu yang sentiasa bertungkus-lumus dan sanggup mengorbankan apa-apa sahaja demi keluarga kita. Oh ya, sebelum terlupa, izinkan saya memperkenalkan ibu saya terlebih dahulu.

Nama ibu saya Hamida, ketua jururawat di sebuah hospital awam. Beliau bertugas di unit kecemasan. Setelah menyudahi pengajian di institusi jururawat, ibu terus memulakan perkhidmatan beliau di hospital sehingga sekarang. Selama 23 tahun, beliau melalui zaman sebagai seorang jururawat biasa sehingga diamanahkan jawatan yang dipegang sekarang. Ini bukan satu perkara yang mudah, ia hasil usaha ibu yang berterusan.

Ibu saya berumur 45 tahun, beliau selalu memberitahu adik-beradik bahawa beliau sangat suka akan pekerjaannya sebagai seorang malaikat yang berbaju putih. Bukan sahaja boleh bertemu dengan pesakit yang pelbagai karakter dan bangsa, malahan juga dapat belajar

变色的康乃馨
Bunga *Carnation* Yang Bertukar Warna

求与妈妈对调,她也毫不迟疑地答应下来;对待病人,更是细心、体贴,脸上经常挂着和蔼、温暖的笑容。这是由一些康复病人反映给爸爸的,因此可知,她也是一名受到病人喜爱的医护人员,作为她的家人,我们也沾了光。据妈妈说,有些病人康复出院后,为了对她的服务表示谢意,除了寄来致谢卡,还经常带着水果、鲜花,还有饼干等小礼物前来医院探班。但是妈妈对他们表示,照顾好病人是她的职责,她更关心的是他们愈后的生活状况,并为他们提供必要的意见。

其实,妈妈说,病人能够康复出院,就已经是送给她最好的礼物了,其他的都不重要。所以,等这些送礼的病人一离开,她就将他们带来的礼物,分赠给那些没有家人来探视的病人,与他们共同分享。

banyak ilmu dan pengetahuan yang berkaitan dengan perubatan dan kesihatan. Maka beliau sentiasa ceria setiap hari bertugas. Beliau juga berinteraksi dengan rakan sekerja dengan baik dan senang hati.

Ibu saya merupakan seorang yang ceria, bekerja denga baik, serius dan sanggup memikul tugas yang sukar. Adakalanya rakan sekerja ibu tidak mampu bertugas pada sebelah malam lalu meminta tolong bertukar giliran, ibu bersetuju tanpa berfikir banyak. Beliau melayan pesakit dengan cara yang lemah-lembut, bertimbang rasa dan sangat peramah.Beliau sentiasa senyum dan menjaga pesakit dengan baik belaka. Kesemua ini disampaikan kepada ayah oleh pesakit yang telah sembuh. Maka, boleh disimpulkan ibu merupakan seorang yang disukai oleh pesakit, membanggakan kami dan kami berbesar hati terhadap ibu.

Menurut ibu, ada juga pesakit yang telah keluar dari hospital mengirimkan beliau kad sebagai tanda terima kasih atas perkhidmatan dan penjagaan beliau. Selain itu, ada juga yang membawa bersama buah, bunga, biskut

(二)医院故事多

我们最爱听妈妈讲故事了,特别是听她说起当初决定选择报读护士学院时,与外公"抗争"的故事。

妈妈说,当年她中学一毕业后,就打定主意报考护士学院,可是,保守的外公却坚决反对,理由是,护士的工作太辛苦了,待遇又不高,不但要日夜轮班,而且责任繁重,有时还得处理病人的卫生事务(包括大小便和洗澡)。除此之外,遇到不讲理、情绪化的病人时,还得忍气吞声,赔笑脸。

但是,妈妈意志坚定,说报考护士学院是她唯一的志愿,说什么也不会动摇,不论外公如何劝说,她依然"一意孤行",坚决选择加入护士行业。有时候我会开玩笑问她:

"妈妈,你会不会后悔当初的选择?"谁知妈妈不假思索地回答:

dan juga hadiah ketika datang melawat ibu, tetapi ibu memberitahu mereka itu adalah tanggungjawabnya sebagai seorang jururawat untuk menjaga pesakit.Beliau lebih ingin mengetahui kehidupan selepas sembuh berbanding kesakitan setiap pesakit dan memberikan pandangan kepada mereka apabila diperlukan.

Sebenarnya, ibu memberitahu kami, jika pesakit sembuh dan balik rumah, itulah hadiah yang paling bermakna buat beliau.Selebihnya,itu tidak begitu penting. Maka, selepas pesakit-pesakit meninggalkan hospital, ibu membahagikan hadiah-hadiah yang diberikan oleh pesakit kepada pesakit yang tidak pernah dijenguk oleh ahli keluarganya.

2.Cerita hospital begitu banyak

Kami paling suka mendengar ibu bercerita peristiwa dari hospital. Lebih-lebih lagi peristiwa silam yang berlaku ketika beliau belajar di institusi jururawat, perihal pengalaman beliau "bertentangan"dengan atuk. Ibu berkata, selepas tamat sekolah menengah, beliau telah mengambil

"为什么要后悔呢?这是妈妈的初心,唯一的选择呀!孩子,妈妈告诉你们,每个人选择要走的路都不相同,最重要的是,这是不是你喜欢的工作?如果是,就努力去实现它,不用后悔,一个人一生中只要做好一件事就很对得起自己了。莎莉娜,你现在不过是个初中生,将来有一天你就会理解妈妈这些话的意义了。"

原来如此。

难怪每当妈妈从医院回家之后,尽管她一副筋精力尽的样子,可是脸上依然挂着温婉的笑容,从来不会把工作上的不顺心带回家里,对我们抱怨或发脾气,这种敬业、乐业的精神,更让我敬佩妈妈。

我们三姐弟最喜欢腻在妈妈的身边了,因为她是一个讲故事的高手。

医院的故事可多了,有她亲

keputusan belajar di institusi jururawat, tetapi atuk tidak bersetuju dengan pandangan ibu dengan alasan kerja sebagai seorang jururawat terlalu membebankan, bayaran gaji pun tidak tinggi, perlu lagi bertugas secara bergilir, *shift* pagi atau malam. Tugas begitu berat dan adakalanya perlu membersihkan kencing berak pesakit, lagi-lagi perlu memandikan pesakit. Selain itu, jika bertemu dengan pesakit yang emo, tidak reti bahasa, perlu bersabar dan senyum terhadap mereka.

Walau bagaimanapun, ibu merupakan golongan manusia yang berjiwa kuat, menekankan bahawa belajar di institusi jururawat merupakan satu-satunya hasrat beliau. Tidak kira apa pun halangannya, beliau tetap mempertahankan keputusannya untuk tidak menyerah kalah mendepani kata-kata yang dilontarkan oleh atuk kepadanya. Ibu tetap memilih jururawat sebagai kerjayanya. Kadangkala saya bergurau dengan ibu.

"Bu, adakah ibu menyesal dengan keputusan ibu?"

Tanpa berfikir panjang ibu terus menjawab,

眼看到的；有从病人口中听来的，简直比早前热播的那部反映医院种种故事的电视连续剧《X-File》更加精彩呢。这些故事我们都听得津津有味，因此时常缠着妈妈讲了一个又一个，简直欲罢不能，最后惹得妈妈只好假装生气地说：

"你们不要得寸进尺，要求过分哦，否则以后再也不给你们讲了。"当然，最后我们只好举手"投降"，等待下次的快乐时光了。

（三）上苍还是公平的

妈妈说过，她最快乐和最安慰的，就是每当看到一个个病恹恹的求医者进入医院就医后，在医生和护士的细心医治和照顾下，健健康康地走出去。

班上有一些同学曾经好奇地问过我：你妈妈看过这么多病人和死人，会不会麻木了？变成铁石心肠的人了？后来我回家就这个

"Buat apa menyesal? Ini hasrat ibu dari awal, satu-satunya pilihan ibu! Nak, biarlah ibu beritahu, setiap kita perlu memilih jalan yang tidak sama, yang paling penting, adakah ini kerja yang kamu suka? Jika ya, berusaha menunaikan hasrat kamu, jangan menyesal.Manusia ni jika dapat melakukan satu perkara dengan baik sudah kira hebat dah. Shalina, walaupun kamu hanya seorang pelajar menengah saja buat masa sekarang, tetapi kamu akan faham kata-kata ibu suatu hari nanti."

Rupanya begitu.

Patutlah setiap kali ibu balik dari kerja, walaupun beliau nampak begitu letih, tetapi wajahnya masih riang ceria dengan ukiran senyuman. Beliau tidak pernah membawa kesulitan yang dihadapi di hospital balik ke rumah dan ibu tidak pernah memarahi atau melepaskan geramnya terhadap kami. Semangat beliau yang profesional, suka dan hormat terhadap pekerjaannya, membuat saya lagi hormat kepada ibu.

Ketiga-tiga kami beradik suka berdamping dengan ibu kerana beliau seorang yang pandai

问题问妈妈，妈妈摇摇头说：

"其实医生和护士也是普通人，也有感情，不是冷血的动物。当看到一些病人因为病入膏肓，医药无效，又或者发生意外事故而身受重伤，医护人员尽了最大的努力，最后还是挽回不了他们宝贵的生命时，也会感到很遗憾。"

难得的是，妈妈常常告诉我们一些课本以外的知识，有一些话，我想我会永远牢牢记在脑海里，不会忘记。

她说：世界上最公平的事之一，就是不管你是大富翁、权力大、地位高的大人物，或只是普普通通的小市民、贫困者，人人都逃不过生、老、病、死。有时就算你有很多的钱，也不一定能够买回健康。因此，她对我们说，追求更好的生活是没有错，但是财富并不等于人生的一切。

有些人，为了追求更多的财

bercerita. Cerita di hospital begitu banyak, ada yang beliau lihat dengan mata sendiri, ada yang beliau dengar daripada pesakit. Plot cerita lebih menarik daripada drama yang bertemakan cerita hospital yang hangat dimainkan di TV baru-baru ini dan lebih seronok daripada drama *X-File*. Kami rasa kagum mendengar cerita-cerita yang disampaikan oleh ibu, berkali-kali meminta ibu melanjutkan cerita demi cerita. Sukar dihentikan daripada mendengarnya. Akhirnya ibu buat-buat marah.

"Jangan kamu semua terlampau sangat, nak sambung cerita ni sampai bila baru nak habis?Lain kali saya tidak mahu cerita lagi dah." Akhirnya, kami terpaksa mengalah kepada ibu dan menunggu *happy hour* pada masa yang akan datang.

3.Tuhan adil terhadap semua

Pernah ibu berkata, perkara yang membuat beliau paling gembira ialah apabila beliau melihat pesakit yang tidak bersemangat semasa dihantar ke hospital berjaya melangkah keluar dari hospital dengan penuh keriangan dan sihat

富，往往忽略了个人的健康，失去了健康。妈妈认为，这种做法太不明智了，因为就算给你成为亿万大富翁了，没有了健康，你也就没办法去享受你挣来的财富，那你辛辛苦苦赚来的钱就失去了意义。

也许是妈妈的经历太丰富了，她所讲的发生在医院里的悲欢离合，有时会被我重新组织、整理、修饰，最后化为我的作文素材。老师批改过后，不但在班上公开赞扬我，还特地摘录一些片段朗读给同学听，他们听后都很感兴趣，还要我转述妈妈讲过的其他故事。

可是，谁也没料到一种令人措手不及的病毒——SARS，悄悄地降临，让大家的生活一时间都乱了阵脚，特别是在抗击病毒前线的医护人员，当然包括我妈妈。更让我做梦也没想到的是，这个病毒竟然将我勇敢又尽责的妈妈

setelah menerima penjagaan yang teliti dan sempurna daripada warga hospital.

Rakan sekelas saya pernah bertanya dek rasa ingin tahu mengenai cara ibu mengatasi kebiasaan melihat pesakit meninggal dunia setiap hari.Adakah ibu menjadi seorang yang keras hati dan tidak sedih apabila mengetahui seseorang itu meninggal dunia kerana kematian itu menjadi rutin yang dilihat setiap hari bagi seorang jururawat. Saya tujukan soalan ini kepada ibu selepas balik dari sekolah, ibu menggeleng lalu berkata,

"Doktorkah, jururawatkah juga insan biasa, penuh dengan kasih sayang dan kami bukan haiwan berdarah sejuk. Apabila bertemu kes di mana pesakit mengalami kesakitan tenat atau kemalangan yang serius dan sehingga tidak dapat diselamatkan, kami sedih kerana telah mencuba sedaya upaya memberi bantuan dan masih tidak dapat menyelamatkan mereka, kami rasa terkilan juga."

Ibu juga selalu mendidik ilmu selain dari buku teks. Apa yang dikatakan oleh ibu tidak akan saya lupa dan saya akan ingat sampai ke

击垮了,让我们这个原本可爱的家庭,从此变了样,留下难以磨灭的伤痛。

(四)妈妈倒下了

现在,我们全家都感到担心与害怕,因为我们敬爱的妈妈、可怜的妈妈,如今正孤零零地躺在医院特设的加护隔离病房里,与病毒作战。

自从这个来势汹汹的病毒入侵本地之后,许多人不幸先后受到感染,一时间医院挤满了病患,为了照顾这些病患,妈妈和许多一线的医护人员争分夺秒,奋不顾身地忘了自身的安危,竭尽全力救治和照顾每一个病人。

院方早前已经下令让所有在医院工作的人员,一定要做好必要的防护,但是,依然防不胜防。不单是护士,连医生也受到感染,甚至有些不幸在岗位上殉职了,

akhir hayat.

Ibu berkata, perkara yang paling adil di dunia ini ialah tidak mengira kamu orang kaya, orang miskin, orang berkuasa, berstatus tinggi, atau hanya insan biasa, setiap kita tidak dapat lari dari kematian, kita tidak lepas dari putaran dilahirkan, semakin menjadi tua, mengalami kesakitan lalu meninggal dunia. Walaupun ada yang kaya-raya, belum tentu dapat membeli balik kesihatan yang diabaikan. Maka, beliau berkata, mengejar kehidupan yang lebih baik tidak salah, tetapi kekayaan itu bukan segala-galanya bagi kehidupan kita.

Ada segelintir manusia sanggup mengorbankan kesihatan demi kekayaan. Ibu mengutarakan pandangan beliau dan menganggap perbuatan sebegini tidak bijaksana. Biar pun kamu jadi jutawan, tetapi tidak sihat, kamu tidak dapat menikmati kekayaan kamu juga.Kekayaan yang dikumpulkan itu tidak bermakna buat seorang yang hilang kesihatan.

Pengalaman ibu terlalu banyak. Setiap kali beliau menerangkan detik-detik di hospital, ada yang penuh dengan kegembiraan, ada

这是多么令人伤心的事啊。

自从妈妈被证实受到感染出现症状的那一天开始,她就被迫跟我们隔离开来,留在医院。如今,三个星期过去了,我和弟、妹三人都没机会见到她一面。只有爸爸一个人被允许进入医院,隔着一堵冷冰冰的玻璃,默默地注视着他亲爱的妻子,不时还看到爸爸在家里默默地祈祷,希望阿拉保佑妈妈,早日脱离险境。

(五)不祥的预兆

这一天傍晚,当我从学校回到家时,意外地看到爸爸正在厨房里忙着,桌上摆着还在冒着热气的饭菜。这些工作,以往都是妈妈一手包办,如今,却改由爸爸承担,我心里确实很感动。自从妈妈受病毒感染住进医院后,因为担心她的病情,爸爸每天都是愁眉不展,心事重重。然而,今天

yang penuh dengan kesedihan.Ada yang dapat bertemu dengan keluarga selepas sembuh, ada yang meninggalkan keluarga buat selama-lamanya.Saya menulis semula cerita-cerita yang disampaikan oleh ibu menjadi tema bagi penulisan di sekolah. Selepas cikgu menyemak karangan saya, beliau selalu memuji saya di hadapan kelas secara terbuka, dan adakalanya membuat rakaman terhadap karya saya lalu dikongsikan dalam kelas. Selepas mereka mendengar cerita hospital yang asalnya daripada ibu, mereka meminta saya bercerita lebih lagi perihal cerita hospital. Minta saya kongsikan cerita-cerita tersebut dengan mereka.

4. Jatuhnya ibu

Buat sementara ini, kami sekeluarga bimbang dan takut, kerana ibu yang kami hormati dan sayangi, sekarang sedang berada di hospital, bertarung dengan virus seorang diri.

Serangan virus kali ini begitu dahsyat, telah menyebabkan ramai yang dijangkiti. Hospital dipenuhi dengan pesakit yang dijangkiti. Untuk menjaga pesakit-pesakit dalam jumlah yang besar,

变色的康乃馨
Bunga *Carnation* Yang Bertukar Warna

令我大感意外的是，他憔悴的脸上绽开了一抹久违的笑容。吃过饭后，爸爸喜滋滋地对我说：

"莎莉娜，你想不想和弟、妹到医院去探望妈妈？"

一时间，我怀疑自己听错了，急忙回应道：

"当然想啦，我们真的好想好想妈妈！爸爸，你说的可是真的？没骗我吧？"我高兴得几乎喊了起来。

爸爸看到我这副乐而忘形的样子，不但没笑我，也许感触太深，眼泪几乎要夺眶而出，他赶紧用手背往眼睛一抹，不知道为什么，他这个动作令我心里忽然有一种不祥的预感。不是说"男儿有泪不轻弹"吗？莫不是妈妈的病情有了变化……

"莎莉娜，是这样的，我们很幸运，在受到感染 SARS 的医护人员家属中，被列入第一批可以通

ibu berserta staf perubatan yang lain bertugas di barisan hadapan, sanggup berkorban nyawa tanpa berlengah masa walau seminit atau sesaat dan terus berusaha demi pesakit yang dijangkiti virus.

Pihak hospital telah memberi arahan. Mereka semua perlu membuat persediaan tetapi perkara yang tidak diingini tidak dapat dielakkan.Bukan sahaja jururawat malahan doktor juga dijangkiti virus.Ada juga dalam kalangan mereka terkorban ketika berjuang memerangi virus ini.Ia merupakan satu berita yang cukup memedihkan.

Ketika ibu disahkan dijangkiti virus dan mula bergejala, beliau terpaksa dipisahkan daripada kami dan hanya boleh singgah di hospital. Tiga minggu sudah berlalu, saya dan adik-adik tidak berpeluang berjumpa dengan ibu walau hanya dengan sekilas pandang. Hanya ayah yang diizinkan memasuki hospital, bertemu dengan isteri tersayang di hadapan cermin yang penuh kesejukan. Acap kali ayah berjumpa ibu, ayah berdoa dan mengharapkan Allah memberkati ibu supaya sembuh daripada jangkitan virus dengan secepat mungkin.

过电视屏幕，跟在加护病房的亲人'空中相见'的名单中。"

"本来这个难得的机会是给我的，但是，爸爸想到你们已经快一个月没见到妈妈了，心里一定非常想念她，也有很多话想告诉妈妈，是不是？再过三四天就是母亲节了，你们就把这份特别的礼物送给妈妈吧，我相信她知道了一定会很高兴的。"

"爸爸，谢谢您！谢谢您！"我实在太高兴了，真的，高兴得说不出其他话来，只能哽咽着拉起爸爸的手，使劲地摇摆，虽然拼命地忍，可是，不听话的泪水还是没法子控制，一滴一滴地流了下来。

（六）沉痛的告别

这一天，终于在翘首盼望中到来了。

用过早餐后，我们三姐弟都换上爸爸前日给我们准备的新衣

5.Perkara yang kurang baik yang dijangka dari awal akhirnya berlaku juga

Petang hari ini, semasa saya balik dari sekolah, ayah sedang berusaha menyediakan makanan di dapur.Di atas meja, lauk-pauk masih berwap. Dulu, kesemua ini disiapkan oleh ibu.Bermula hari ini, ayah mengambil alih tanggungjawab ibu. Saya terharu melihat kesemua ini. Setelah ibu dihantar ke hospital, ayah sayu dan kelihatan sedih dan murung setiap hari. Walaupun hari ini beliau nampak murung juga, tetapi yang buat saya terkejut ialah senyuman mula terukir di wajahnya. Usai makan, ayah bertanya dengan ria.

"Shalina,mahu pergi menjenguk ibu di hospital bersama adik-adik?"

Saya tidak percaya dengan apa yang saya dengar.

"Mestilah mahu, kami semua sangat rindu pada ibu! Ayah, betulkah apa yang ayah cakap? Bukan tipu?" betapa gembira saya.

Mata ayah bergenang menyaksikan kegembiraan saya menerima berita baik mengenai peluang kami menjenguk ibu di

变色的康乃馨
Bunga *Carnation* Yang Bertukar Warna

新鞋（担心旧衣鞋会有污染），一大清早，我还特地到附近早市去买了一束粉红色的康乃馨，这也是妈妈最喜欢的鲜花。将花献给她，就算让妈妈看一眼也好，让她明白我们对她的祝福。可惜的是，爸爸说院方肯定不会允许我们带任何东西进去。最后只好将它留在家里，将它插在妈妈最喜爱的一个白色透明的大花瓶里。

为了安全起见，我们都戴着口罩，爸爸决定舍弃搭乘公共交通工具——地铁，改搭出租车，带着我和弟、妹，准时抵达医院。

爸爸替我们到护士台办好探访手续后，一位工作人员就过来将我们姐弟三人带进一个像是会客厅的大房间里，墙上挂着一台宽屏幕的电视机。

不知为什么，我的心情越来越紧张，不知道12岁的弟弟莫哈默、10岁的妹妹甘玛丽亚的心情

hospital. Beliau menyeka titisan air mata.Entah mengapa, tiba-tiba saya merasakan sesuatu yang tidak kena.Ada menyatakan 'lelaki tidak menangis sewenang-wenangnya'. Adakah keadaan ibu menjadi semakin rumit? Timbul sesuatu yang tidak kena seperti sesuatu yang tidak baik yang bakal melanda keluarga kami.

"Shalina, macam ni, kita sangat bersyukur kerana boleh bertemu dengan ibu melalui skrin TV.Ibu ialah penjangkit virus SARS *batch* pertama yang dibenarkan berjumpa dengan ahli keluarga walaupun hanya melalui monitor."

"Peluang ini hanya terhad kepada ayah, tapi Shalina kan lama tak jumpa ibu, mesti sangat rindu ibu, dan banyak yang ingin beritahu ibu, kan? Tiga empat hari lagi akan tiba hari ibu, anggaplah ini hadiah khas buat ibu, saya percaya ibu akan berasa gembira jika dia tahu semua ini."

"Ayah, terima kasih ayah! Terima kasih!"Saya terlalu gembira, sehingga tidak tahu apa yang patut diperkatakan. Saya merangkul lengan ayah sambil menangis, menggoyangkan tangan ayah dengan sekuat hati.Walaupun saya cuba menahan air mata, tetapi saya gagal berbuat demikian, air mata

如何，应该也跟我差不多吧？接待员轻声地吩咐我们坐下来，我将小妹拥在怀里，目不转睛地注视着荧幕，等待着妈妈的出现。不久，屏幕开始出现影像了。

一看之下，我差点喊了起来，我简直不敢相信自己的眼睛！难道这就是平时那个体格丰满、笑意盎然、风趣幽默可爱的妈妈吗？

只见妈妈紧闭着双眼，喉咙和鼻子插着管子，整个人瘦了一大圈。小妹忽然忘情地对着电视机喊了起来：妈妈！妈妈！可是，妈妈却一动也不动，完全没有任何反应。我们看着，喊着，可惜她却无法看到她的三个宝贝儿女，更听不到我们忘情地呼唤。

"妈妈！"我喊了一声，再也控制不住自己，姐弟三人情不自禁地紧紧抱在一起，哭成一团。大约过了20分钟，刚才那位工作人员走进来了。她说探访的时间

bertetesan di wajah.

6. Perjumpaan buat kali terakhir yang menyedihkan

Hari bertemu dengan ibu yang dinanti-nantikan sudah tiba akhirnya.

Selepas bersarapan, kami tiga beradik siap menukarkan baju dan kasut baharu yang dibelikan oleh ayah(baju lama berisiko dengan jangkitan virus).Pada hari itu, saya bangun seawal pagi dan pergi ke pasar membeli sebatang bunga *Carnation* berwarna merah jambu untuk diberikan kepada ibu. Bunga *Carnation* juga bunga kegemaran ibu. Dihadiahkan kepada ibu. Walaupun hanya dengan sekali pandang, saya puas hati.Inilah doa saya buat ibu.Tetapi yang terkilan, pihak hospital tidak membenarkan kami membawa barang masuk ke hospital.Akhirnya bunga *Carnation* terpaksa saya tinggal kandi rumah dan diletakkan di dalam sebuah pasu yang telus.

Demi keselamatan semua pihak, kami semua memakai pelitup muka.Ayah mengambil keputusan tidak menaiki LRT tetapi memilih

已到，将轮到下一个，我们必须离开。临别前，弟、妹对着荧幕，向妈妈做了个飞吻，而我，也不管她是否能听到，用坚决的语气对躺在病床上的妈妈说：

"妈妈，您一定要加油，您一定要好起来，一定要健健康康地回家来。妈妈，我们会在家等着您。您是我们心目中最勇敢的'战士'，最伟大的妈妈，我们以您为荣！您平时对病人那么好，阿拉一定会善待您、帮助您，赐给您力量。您放心吧，我一定会照顾好弟弟和妹妹。您在这里好好养病，战胜病毒！"

说完，我们姐弟三人，依依不舍地对着大屏幕中的妈妈，挥手，挥手，挥手……

探访后的第三天深夜里，爸爸突然接到医院打来的紧急电话，通知妈妈走了，永远、永远地离开了我们，被这可恶的病毒彻

menaiki teksi. Bersama-sama dengan ayah dan adik-adik, tibalah kami di hospital tepat pada masanya.

Ayah menyempurnakan segala urusan di kaunter pelawat. Kami dibawa oleh seorang staf hospital lalu memasuki sebuah bilik mesyuarat yang besar.Terdapat sebuah televisyen bersaiz besar lekat di bahagian atas dinding.

Entah mengapa, saya semakin cemas.Entah bagaimana perasaan adik lelaki yang berumur 12 tahun, Mohamad dan adik perempuan Gamaria yang berumur 10 tahun.Adakah mereka sama merasai cemas dan tertekan? Staf dengan lemah-lembut meminta kami supaya duduk menunggu Adik perempuan berada dalam pelukan saya. Kami semua mengfokus pada televisyen di depan mata, menunggu kemunculan ibu. Akhirnya, ibu muncul dalam televisyen.

Hampir saya menjerit kerana ibu yang sihat, cantik dan berseri pada masa lalu, sekarang membuatkan saya tidak percaya bahawa orang yang saya lihat dari televisyen itu ibu saya.

Ibu memejamkan matanya, hidung dan mulut bersambung dengan saluran.Ibu semakin

变色的康乃馨
Bunga *Carnation* Yang Bertukar Warna

底打败了。这一年,我们过了生平第一个没有母亲的母亲节,我和弟、妹做梦也没想到,那一次跟妈妈"见面",竟然是一场永别。

我曾经在一本课外书中看过一位作家这样写道:

"生命因为全心付出而光辉灿烂,人因无私的爱而变得美丽光彩。"

从此,我们成了没有母亲的孩子,这份伤痛是永远难以弥补的。不过,妈妈和其他医护人员的奉献和牺牲精神,为这场抵抗病毒战役不幸献出宝贵生命的人,将永远留在我们心里,我们以此为荣。

kurus. Adik perempuan tiba-tiba menjerit menghadap televisyen.

"Ibu! Ibu!" Malangnya, ibu tidak menjawab panggilannya. Kami merenung ibu, memanggil ibu, tetapi beliau tidak dapat melihat lagi tiga anak kesayangannya.Lebih-lebih lagi beliau tidak dapat mendengar panggilan kami juga.

"Ibu!" saya memanggilnya sekali lagi. Saya tidak dapat mengawal diri.Kami bertiga berpelukan dalam tangisan. Selepas lebih kurang 20 minit, staf tadi datang lagi.Beliau berkata masa melawat sudah tamat dan sekarang tiba giliran orang lain pula.Kami perlu meninggalkan tempat ini dengan secepat mungkin. Akhirnya, adik-adik memberikan satu ciuman layang kepada ibu nun di dalam televisyen.Tidak kiralah sama ada ibu dapat mendengar atau tidak, kami terus memberikan sokongan kepada ibu dengan mengatakan,

"Ibu, bertabah hati, cepat sembuh, kembali ke pangkuan keluarga dalam keadaan sihat walafiat. Kami semua sedang menunggu ibu. Allah mesti memberkati ibu, memberi tenaga kepada ibu. Ibu, usahlah ibu bimbang, saya akan menjaga adik-adik dengan baik. Tenangkan hati ibu di sini menerima rawatan, ibu mesti dapat mengalahkan virus!"

Sejurus, kami tiga beradik menyapa seraya melambai-lambaikan tangan kepada ibu.

Selepas tiga hari pulang dari hospital pada larut malam, ayah mendapat satu panggilan kecemasan dari hospital dan menerima berita yang menyedihkan bahawa ibu kesayangan kami telah meninggalkan kami buat selama-lamanya. Ibu dikalahkan oleh virus jahanam itu. Pada tahun ini, kami menjalani tahun pertama tanpa kehadiran ibu pada hari perayaan ibu.Kami tiga beradik tidak menyangka, pertemuan melalui skrin televisyen dengan ibu kesayangan kami merupakan pertemuan terakhir seumur hidup.

Pernah saya membaca satu ayat yang ditulis oleh seseorang dalam buku.

'Disebabkan kesanggupan mengorbankan diri sendiri secara sukarela dengan sepenuh hati, kehidupan kita menjadi begitu gemilang dan bermakna, disebabkan kasih sayang dan tidak mementingkan diri sendiri, manusia menjadi begitu indah dan menarik.'

Selepas kematian ibu, kami bertiga menjadi anak yang kehilangan ibu. Kesakitan dan kesedihan ini kekal buat selama-lamanya. Tetapi, setiap kali saya mengenangkan semangat ibu dan para kakitangan perubatan yang sanggup mengorbankan diri demi rakyat dan negara, akan saya ukir semangat ini dalam kenangan.Saya bangga terhadap ibu.

马虎不得外星人

Mama dan Huhu
——Makhluk Dari Luar Angkasa

邡　眉

Fang Mei

（一）

宇宙中有个巨型的玻璃球在航行，里面住了两个外星人，他们叫马马和虎虎。这个玻璃球是他们的飞行器，可以随时变形。这次的宇宙旅行因为迷失方向，变成宇宙流浪。真是有苦说不出。

这一天，它停靠在地球的外太空。夕阳穿透云层，照在地球的表面，那里有东西吸引了他们的眼球。

1.

Di luar angkasa, sebuah kapal yang berbentuk seperti bola kaca sedang bergerak. Kapal itu dikemudikan oleh dua makhluk asing yang bernama Mama dan Huhu. Kapal mereka berupaya mengubah bentuk pada bila-bila masa. Mereka berada di persekitaran bumi kerana tersesat jalan. Peta mereka telah hilang kerana kecuaian. Oleh yang demikian, perjalanan mereka telah berubah menjadi satu pengembaraan.Mereka terpaksa mengharungi pelbagai jenis cabaran.

"一带一路"沿线国家儿童文学经典书系（第一辑）·马来西亚卷
Siri Buku Klasik Kesusasteraan Kanak-kanak
The Belt and Road（Jilid 1）· Jilid Malaysia

马马问道："那是什么？闪闪发亮的。"

虎虎的千里眼瞄了一下，说："是地球人玩的积木吧？堆得好远好远哦！"

马马有长长的耳朵，耳垂上有许多小豆豆，每颗小豆豆都有特异功能。由于在宇宙流浪了太久，他已经忘了怎么使用。

虎虎伸手随便按了马马右耳上的一颗小豆豆，马马"哎哟"一声跳了起来，随即眼睛一瞪，好像入了定。

虎虎看他两眼发直，也吓得不轻，推了马马一把，说："你怎么了？"

"我，我听见地球人在说话。他们在说什么呢？我听不懂。我竟然听不懂！"马马皱着眉头，百思不解，他左耳有颗豆亮起绿光。虎虎直觉：该摁一下它。

马马又高喊一声，跳得老远，可下一秒他就面露笑容。"听懂

Pada suatu hari, sesuatu di atas permukaan bumi telah menarik perhatian mereka.

Mama bertanya Huhu, "apa itu? Apa yang bersinar-sinar di sana?"

Huhu menoleh ke arah tersebut lalu berkata, "benda itu macam blok lego yang ditimbun manusia. Hebat betul!"

Mama mempunyai sepasang telinga yang panjang, di atas cuping telinganya terdapat bintik-bintik kecil ajaib yang berfungsi luar biasa. Mama telah lupa fungsi-fungsinya kerana terlalu lama mengembara di luar angkasa.

Huhu menekan sebiji bintik di atas cuping telinga kanan Mama. Ini mengejutkan Mama, beliau menjerit kesakitan dan terus kaku berdiri.

Huhu menolak Mama sambil bertanya, "apa hal dengan kamu?"

"Saya...saya macam mendengar suara manusia sedang bercakap, tetapi saya tidak faham maksudnya." Tiba-tiba sebiji bintik di bahagian kiri telinga menyala hijau. Huhu pun menekan bintik tersebut.

Mama menjerit dengan kuat lalu melompat

了！听懂了！他们说，不上长城不是好汉。那我们也得去长城看看！那一定是个好地方。"

看来虎虎揿对了翻译功能的键。

"哦？"虎虎很好奇，他自己没听的本事，于是捏捏鼻梁，眼珠子像望远镜般凸出来，他往那盘旋到千里之外的"积木"看，喝一声也叫了起来："那不是积木，是高高的围墙！围墙上有好多的人，像流水一样！"

"应该就是地球人说的长城哦！"

"发现新大陆了！"马马和虎虎兴奋极了。

原先一闪一闪的玻璃球忽然不见了，原来马马和虎虎进入大气层，他们要隐身才行。

"咻呼"一声，飞行器停在一棵柿子树上，马马和虎虎从里头跳出来，站在树枝上，风好大！他

jauh dari Huhu. Kali ini, Mama tersenyum lebar. "Faham sudah apa yang dituturkan oleh manusia! Kata mereka 'sesiapa yang tidak pernah ke Tembok Besar Cina, dia bukan wira'. Ayoh! Mari kita pergi ke tembok besar ini! Pasti satu tempat yang menarik."

Rupa-rupanya Huhu tertekan bintik berfungsi menterjemahkan bahasa. Rasa ingin tahu Huhu semakin menjadi-jadi. Dia mencubit hidungnya sendiri, lalu matanya memanjang keluar dari muka seperti teleskop. Dia meninjau blok lego sekali lagi dan mendapati bahawa ia lain daripada yang lain.

"Itu bukan timbunan lego, ia adalah pagar batu yang besar! Di atas pagar itu penuh dengan manusia bagaikan air di sungai!"

"Rasanya itulah tempat yang dipanggil Tembok Besar Cina!"

'Akhirnya jumpa jua tempat mendarat yang baharu!' Betapa gembiranya Mama dan Huhu dengan penemuan baharu mereka.

Tiba-tiba, kapal angkasa mereka menghaibkan diri. Rupa-rupanya kapal mereka telah masuk atmosfera bumi dan terpaksa menghilangkan diri

们几乎被吹走。飞行器瞬间变成一颗柿子。

虎虎见了,特别嫌弃,说:"你这柿子也太大了吧?"

飞行器羞红了脸,一寸一寸地缩小,最后缩小到柚子那么大。它辛苦地吐着气,马马看了对虎虎说:"别为难它了。它已经尽力了。"

虎虎气呼呼,对着红彤彤的大柚子说:"好吧,你就待在这树上,别掉下来。"

飞行器慌忙让自己的"根须"紧紧吸附着枝丫。

马马和虎虎摇身一变,变成了两个小孩,混进人群中往长城迈进。

(二)

"老先生,这长城一天能走完吗?"马马登上第二个烽火台,那厚实的窗台旁正倚着一位老人家。

孤单的老人正在欣赏一望无

dari mata manusia.

"Whoosh...", kapal mereka berada di atas sepohon pokok pisang kaki. Mama dan Huhu melonjat dari kapal ke dahan pokok. Angin meniup dengan kencang! Mereka hampir-hampir dibawa angin. Kapal mereka telah menukar bentuk menjadi buah pisang kaki yang besar.

Sebaik sahaja melihat perubahan kapal tersebut, Huhu terus menegur, "terlalu besar buah ini!" Wajah kapal menjadi merah dan ia berusaha mengecilkan saiz badannya. Akhirnya, Mama berpuas hati. Kapal angkasa berasa susah bernafas dengan saiz kecil itu. Mama menyenangkan hatinya sambil berkata kepada Huhu, " biarlah, jangan memaksa dia. Asalkan sudah buat yang terbaik."

Huhu kurang puas hati sambil memesan kapal pisang kaki supaya jangan terjatuh ke tanah.

Kapal itu dengan pantas melilitkan dirinya pada pokok dengan 'akar serabut' barunya.

Mama dan Huhu pula bertukar menjadi kanak-kanak lalu ke tembok besar.

边的美景,他多不想有人来打扰,可是听见这么出奇的问题,忍不住回过头。眼前这孩子,脸颊通红,冬帽两边垂着长长的帽耳,一脸憨相,跟他同行的还有个胖虎似的同龄小孩,他没戴冬帽,一头乱发下戴着挡住大半张脸的黑眼镜。

"走完长城?你们可知它有多长?"

虎虎摇头,黑眼镜差点被甩落在地。

老人原先想说地名,但是估计他们这么小,想必没听过山海关和嘉峪关,就打趣:"你们倒是说说看,平日里你们能走多远的路?"

"一天吗?"马马问道。

"是的。一天,你能行走多少公里?"

虎虎两手比画着,抢着回答:"我们可以从东边走到西边。"

马马怕虎虎说漏了嘴,赶紧更正,说:"就,家的东门,走到西

2.

Bila sampai di satu menara, mereka bertemu seorang datuk yang sedang bersandar di tingkap. Beliau sedang menikmati pemandangan yang indah. Beliau ingin berseorangan. "Salam sejahtera atuk, bolehkah saya bertanya? Mampukah seseorang merantau tembok besar ini dalam sehari?", ujar Mama. Perasaan ingin tahu beliau diungkit bila soalan yang pelik ditanya. Mata beliau beralih ke seorang budak berpipi merah, bertopi tebal dengan kain panjang menutupi kedua-dua telinga. Hmmm... seorang budak kampung. Di sebelahnya, seorang budak yang agak gemuk, tanpa topi, dengan rambut berserabut dan bercermin mata hitam yang hampir menutupi separuh wajahnya.

"Habis merantau tembok besar dalam satu hari?Tahukah kamu berapa panjang tembok ini?"

Si gemuk menggeleng kepalanya dengan kuat, cermin matanya hampir terjatuh.

Memandangkan usia mereka, beliau memikir cara yang terbaik menerangkan keadaan semasa. Kanak-kanak tersebut tidak akan faham jarak di antara ShanHaiGuan dan JiaYuGuan

门。大概十公里。"马马对"公里"也没概念,随便回答。

"十公里?"老人笑了,觉得这两个娃儿真逗趣,也就沉吟了一下,说:"那么你们需要走670天!"

马马和虎虎见老人呵呵大笑,他们也笑了,毕竟他俩不认识数字,也就欠欠身,说:"这容易啊,我们这就走了!谢谢老先生!"

老人家的笑声还没停歇,眼前竟然没了小孩的身影,他吓得猛一哆嗦。刚才那两个孩子呢?

(三)

隐身之后,马马和虎虎使力顿足,脚下生风,飞掠过长城的城廓,奔向飞行器。

远远看见好大一群人,正闹哄哄地围在飞行器停栖的柿子树下,有的人奋力去石头,有的人抡起长竿往枝丫打,也有的人用手机咔嚓咔嚓拍照。

yang jauhnya beribu kilometer. Lalu orang tua itu bertanya, "berapa jauhkah kamu berdua boleh jalan dalam satu hari?"

"Seharikah?" Mama bertanya kembali.

"Ya, sehari, kamu berdua ni boleh jalan berapa kilometer dalam sehari?"

Huhu tergesa-gesa mengangkat kedua-dua tangannya sambil menjawab, "Kami boleh berjalan dari timur ke barat."

Mama sedar Huhu akan membocorkan identiti mereka dengan mendedahkan maklumat yang kurang rasional. Dengan segera, dia membetulkan jawapan Huhu, "Dari pintu timur ke pintu barat rumah kami, agaknya sepuluh kilometer." Mama sebenarnya tidak faham konsep kilometer. Dia hanya tangkap muat sahaja.

"Sepuluh kilometer?" Tercuit hati dan tergelak orang tua itu. "Jika sehari sepuluh kilometer, kamu perlu enam ratus tujuh puluh hari untuk menyempurnakan perjalanan ini."

Mama dan Huhu ikut sama ketawa bila mendengar beliau ketawa terbahak-bahak. Mereka berdua memang tidak faham jawapan

大家对着树上的大柿子议论纷纷。

哎！不得了！马马和虎虎刚才完全没想到，这么大的一个柿子，岂能不引起轰动呢？

虎虎马上点戳马马耳朵上的豆豆，红、橙、黄、绿，他一鼓作气全点了一遍，马马疼得又跳又叫。幸好两人都隐身了，也幸好那些豆豆瞬间启动特异功能：围聚的人停止了动作，然后散开，不消十秒，一个个刚才还很热衷"大柿子"的人，竟然掉头继续自己的旅程。

马马摸不着头脑，道："是豆豆擦掉了他们的记忆吗？他们的手机呢？不是还有影像吗？"

虎虎二话不说，摘下黑眼镜，用镭射眼一扫，把人家手机里所有的照片存档全删得一干二净！

飞行器趁这个空儿，吸进一大口气，终于恢复原形，可怜的它光滑的外皮上被敲得坑坑洼洼

beliau tetapi menyahut kenyataan beliau, "boleh diterima, enam ratus tujuh puluh hari sahaja. Jom, kita pergi! Terima kasih, atuk."

Orang tua itu masih ketawa bila kedua-dua budak itu tiba-tiba hilang di depan matanya. "Ke mana budak-budak tadi?", beliau berfikir dalam kejutannya.

3.

Mama dan Huhu menghentak kaki mereka dengan sekuat-kuatnya dan terjana arus tenaga yang membawa mereka melepasi tembok besar dan terus kembali ke kapal pisang kaki.

Sekumpulan orang telah berkumpul di bawah pokok pisang kaki, ada yang melontar batu ke pisang kaki yang luar biasa itu. Ada yang mengusiknya dengan dahan panjang dan ada pula asyik mengambil gambar dengan telefon pintar mereka.

Mereka hairan melihat buah pisang kaki yang sebegitu besar.

Sudah! Berita buah pisang kaki yang begitu besar akan menimbulkan rasa ingin tahu orang ramai. Perkara ini akan diviralkan. Mama dan

的,还不能喊痛呢!

马马和虎虎闪电般登上机器,"啾呼"一声沿着长城扬长而去。

他们下一站会在哪里着陆呢?要是他们谨记长辈的那句话:"凡事马虎不得,马虎不得",两人也不至于丢失了航行图。

虎虎说:"看来,我们要改过马虎的性子,去找回航行图。"

马马也赞同。飞行器更是高兴。

太阳下山了,星星和月亮给夜空点亮了灯,一切都那么安静、那么美好。

飞行器在大海上空来回巡逻,原来他们仨又忘了刚才的教训,正痴迷地盯着大海里洄游的座头鲸看……难道,他们想到海洋世界去探险?

Huhu sedar akan kecuaian mereka.

Huhu dengan segera menyalakan bintik-bintik di cuping telinga Mama. Bintik yang berwarna merah, oren, kuning, hijau... sekaligus dinyalakan. Mama terasa sakit lalu menjerit dengan kuat, nasib baik mereka telah menghaibkan diri. Bintik-bintik yang dinyalakan semuanya berfungsi dengan baik. Ia berjaya menghentikan semua aktiviti manusia di situ dan menghilangkan minat mereka ke atas pisang kaki yang besar. Ingatan mereka mengenai perkara yang terjadi di situ digilap dan dilupakan begitu sahaja. Semua manusia yang berada di situ pun beredar ke destinasi masing-masing. Inilah kelebihan bintik-bintik ajaib Mama!

Mama masih ragu-ragu akan keajaiban bintik-bintiknya. Dia bertanya Huhu sama ada gambar di dalam telefon pintar pun telah digilap. Huhu tidak mengatakan apa-apa, hanya menanggal cermin mata gelapnya, dan mengaktifkan mata lasernya lalu memadamkan semua gambar berkenaan di telefon pintar manusia yang berada di situ.

Kapal pisang kaki mengambil kesempatan

pada masa itu, untuk bertukar kembali kepada wajah asalnya. Kasihan kapal angkasa, badannya penuh dengan kesan serangan manusia tadi. Permukaan licinnya, kini bercalar.

Tanpa melengahkan masa, Mama dan Huhu naik ke atas kapal. Whoosh... kapal angkasa hilang dari situ.

Manakah destinasi seterus mereka? Kehilangan peta punca kecuaian Mama dan Huhu. Sikap yang cuai, punca kegagalan mereka. Mereka perlu menemui semula peta yang sudah hilang. Ini dikongsikan oleh Huhu bersama Mama. Mama menganggukkan kepalanya. Kapal angkasa mereka gembira kerana mereka sedar akan sikap kecuaian mereka selama ini.

Selepas matahari terbenam, bintang dan bulan bersinar menyalakan langit. Segalanya begitu indah dan aman.

Kapal angkasa mereka masih berulang-alik di atas permukaan lautan. Rupa-rupanya mereka telah lupa diri kerana merenung ikan-ikan paus bungkuk yang muncul di lautan besar. Nampaknya, pengembaraan mereka belum selesai lagi. Adakah mereka dua ini mahu teruskan pengembaraan mereka di lautan yang luas ini?

你有看见我的马来貘吗?

Adakah Kamu Nampak Tapir Saya?

方　肯

Fang Keng

你有看见我的马来貘吗?

它上半身黑,下半身白,圆滚滚的肚子像围起了尿布,如长不大的小娃娃。

它的鼻长像象,鼻孔大又宽,形状像猪鼻。竖立的圆耳也像猪耳朵,但它不是猪。

它是马来貘。

马来貘平日就在我的床边。睡前,我习惯将它捧在双手上,跟它说说我赛跑得了最后一名、回

Adakah kamu nampak tapir saya?

Badannya separuh atas berwarna hitam dan separuh badan bahagian bawah berwarna putih. Perutnya bulat seperti budak yang memakai lampin, kelihatan seperti anak kecil.

Dia berhidung seperti gajah, hidungnya berlubang besar dan lebar, bagai hidung babi. Telinganya yang menegak juga nampak bagai babi, tetapi dia bukan babi.

Dia ialah tapir.

Biasanya tapir berada di sisi katil saya. Sebelum tidur telah menjadi kebiasaan

家时不小心踩进水沟、老妈见我脏兮兮叨念了两句、姐姐笑我两腿走不好还参加什么赛跑……这个世界只有马来貘愿意听我说,不打岔,诚挚地凝视我,仿佛在安慰我。

"你有看见我的马来貘吗?"我问正在拍蒜头的老妈。

"没有,没有!"老妈快刀切蒜头,不耐烦地回答,"别跟我说话,不然我又切到手指头!"

老妈左食指还包着胶布。那是三天前切伤的,伤口很深,我看见指头血流如泉涌,哗啦啦流得砧板上都是。

那时老妈很慌,我也很慌,我们俩在厨房里呀呀叫,不知所措。幸好老爸英雄救美及时出现,一条手帕压紧伤口,止住了血。

"谁叫你在我切菜时给我看这么恐怖的画?"事后,老妈兴师问罪,"那是妖怪在作法吗?"

saya memegangnya, berkongsi keputusan pertandingan berlumba yang saya sertai ditamatkan dengan tempat terakhir. Secara tidak sengaja saya terjatuh ke dalam longkang. Ibu menegur kerana saya kotor, kakak pula menyindir saya tidak boleh jalan dengan baik tetapi mahu menyertai pertandingan berlumba pula,tapir saya tidak berkata apa-apa.Hanya merenung kepada saya, bagai sedang memberi ayat yang boleh menenangkan hati.

"Adakah ibu nampak tapir saya?" Saya melontarkan soalan kepada ibu yang sibuk mengupas bawang putih.

"Tidak nampak, tidak nampak!" Ibu menggerakkan pisau dalam genggamannya dengan kelajuan yang cukup pantas ketika memotong bawang putih, menjawab dengan suara yang tinggi."Jangan kau bercakap dengan saya lagi, takut saya terpotong jari sendiri."

Jari telunjuk ibu masih berbalut dengan plaster. Kejadian itu berlaku tiga hari yang lepas, masih terbayang-bayang kecederaan yang begitu dalam. Darah ibu memancut keluar dari jari telunjuk, 'huala… huala…'seluruh papan

那幅画我费尽心思才完成，画的是老妈为我们一家人准备晚餐。我想她在厨房欣赏这幅画时，身在其境，一定特别感动，想不到结果成了这样。

老妈只有一个，我不想她再有生命危险，立即退出厨房。

我的目光一转，见到老爸坐在客厅看报纸。这是询问老爸的最好时机。

不等我开口，老爸倒是开口了："你叫那个司机明天不用来了！"

老爸说话的语气像正在炸爆的米花噼里啪啦，越说越响亮，越说越激动："因为他的疏忽，这批货全部都要退回来！你知道我们的损失有多少吗？"

"啪！"老爸折起报纸，重拍在桌上。

我这才看见老爸耳边挂着蓝牙耳机，手机就放在他的大腿边。看来，现在也不是靠近老爸

mencincang penuh dengan darah.

Masa itu ibu kelihatan sangat cemas, saya juga berasa cemas. Kedua-dua kami menjerit-jerit di ruangan dapur, entah apa yang patut dilakukan. Nasib baik ayah datang tepat pada masanya, satu sapu tangan digunakan untuk membalut jari telunjuk ibu yang tercedera itu, barulah darahnya berhenti keluar.

"Buat apa tunjuk lukisan yang begitu ngeri bila saya sedang memotong sayur?" ibu menyalahkan saya selepas itu. "Adakah makluk jin sedang membuat kacau?"

Saya telah mengambil banyak masa untuk menyempurnakan lukisan itu, tema lukisan itu berkaitan dengan ibu sedang menyediakan makan malam untuk kami semua. Saya jangka ibu akan terharu jika melihat lukisan itu semasa berada di dapur kerana ibu mengalami apa yang dilukis oleh saya. Tidak sangka ini pula kesudahannya.

Hanya ada ibu satu-satunya, saya tidak mahu ibu mengambil risiko yang mengancam keselamatannya, saya terus berundur dari dapur.

Saya memandang ke arah ayah yang sedang

的时候。

奶奶收藏了许多旧物,说不定是奶奶收起了马来貘。我心生一线希望,走向奶奶的房间。

还没到门口,我就听见奶奶打呼噜的声音。

奶奶午睡该醒来了。我这么想时,奶奶忽然睁开眼,好像感应到什么似的。我从来不清楚奶奶什么时候是在真正睡着,因为在她睡觉时,稍有风吹草动,她就马上睁眼,拥有动物般的警觉。

"乖孙,来。"奶奶从床上坐起来,向我招手,然后轻拍床的边沿,示意我过去坐。

我最喜欢奶奶了。我面带微笑,坐到奶奶的身边问:"奶奶,你有看见我的马来貘吗?"

奶奶点点头,然后站起来,缓缓打开床边的柜子。

是马来貘吗? 我太开心了,终于找到我心爱的马来貘了……

membaca akhbar di ruang tamu. Inilah peluang yang paling baik mengajukan soalan.

Belum sempat saya mengajukan soalan, ayah berkata dengan saya terlebih dahulu. "Sila pesan kepada pemandu itu tidak perlu datang lagi bermula dari esok!"

Nada suara ayah semakin tinggi dan semakin lantang, tak ubah *popcorn* yang sedang meletup, semakin emosi ayah.

"Disebabkan kecuaiannya, kesemua stok saya telah dikembalikan! Adakah kamu tahu berapa kerugian yang saya tanggung?"

'*Piak!*' ayah menyimpan akhbarnya, memukul permukaan meja dengan akhbar yang telah dilipat.

Barulah saya perasan ayah sedang bercakap menggunakan fon telinga *bluetooth*, telepon pintar masih berada di atas pahanya. Rasanya sekarang bukan masa yang sesuai mendekati ayah.

Nenek telah menyimpan banyak barang lama, kemungkinan besar beliau yang menyembunyikan tapir saya. Saya berharap sangat tapir saya boleh dikembalikan, maka saya

你有看见我的马来貘吗?
Adakah Kamu Nampak Tapir Saya?

"这是你最喜欢吃的'寂寞'饼,拿去吧!"奶奶把 Chipsmore 曲奇推向我。那是充满巧克力粒的曲奇,我和姐姐常抢着吃。

我无奈地收下 Chipsmore 曲奇,思索着该怎样向奶奶解释。

奶奶年纪大了,听力不好,又嫌助听器不舒服,不愿意佩戴,我们只好大声说,或在她面前比画。有时,奶奶很快明白我们的意思;有时沟通失败,所有对话便不了了之。渐渐地,奶奶和我们之间好像隔着一条大河,河床越来越宽,距离越来越远,我们常千辛万苦地游向奶奶。

"奶奶,你有看见我的马来貘吗?"我开始形容马来貘的样子,"黑白色的,鼻子像猪又像象,这么大……"我张开双掌,拉开约三十厘米的距离,那是马来貘的大小。

奶奶仔细地看着我比画,下 mengarah ke bilik nenek.

Ketika dalam perjalanan ke bilik nenek, kedengaran suara berdengkur nenek.

Sudah tibanya masa nenek bangun dari tidur petang. Belum habis fikir, tiba-tiba nenek membuka kedua-dua kelopak matanya, seperti beliau dapat mengesan sesuatu. Saya tidak pernah mengetahui bila masa nenek betul-betul sedang tidur, kerana setiap kali beliau tidur, dengan hanya sedikit bunyi kedengaran, beliau terkejut dari tidurnya, tak ubah haiwan yang cukup berhati-hati walaupun dalam keadaan berehat.

"Oh, cucu kesayanganku, jom, duduk sini." Nenek duduk di atas katilnya seraya menepuk tepi katil dan memanggil saya duduk di sebelahnya.

Saya paling suka nenek. Sambil senyum lebar, saya mendekati nenek lalu duduk di tempat yang ditepuknya. "Nenek, adakah kamu nampak tapir saya?"

Nenek mengangguk, kemudian bangun dari katil lalu membuka almarinya dengan perlahan-lahan.

垂的眼皮眨了几次，陷入深沉的思考。

接着，奶奶又打开柜子……

"乖孙，这是奶奶的最后一包'寂寞'……"奶奶神情黯然地说，"你要慢慢吃。一小口一小口地，别咀嚼，让它在嘴里完全融化才吃下一口。"

奶奶把Chipsmore曲奇推到我的手边，但她两手仍紧握着Chipsmore曲奇不放。

我不是来向奶奶讨饼干的！我把饼干还给奶奶，便对奶奶摆手告别。

寻找马来貘没有进展。我想不通，为什么马来貘在我的房里无端失踪？谁会对它有兴趣呢？这时，一张面孔在我的脑海中映现——姐姐。姐姐最可疑，因为她有到我房里不问自取的"前科"，曾经拿走我的词典、两本小说、五包儿童节带回来的零

Betulkah tapir? Terlalu gembira buat saya, akhirnya dapat kembali tapir kesayangan saya…

"Ini ialah biskut *Chipsmore* yang kamu paling suka makan, ambil, ambil!" Nenek memberikan saya *Chipsmore cookies*. Itu adalah biskut yang ditaburi dengan coklat, selalu saya dan kakak berebut-rebut mahu memakannya.

Terpaksa saya simpan *Chipsmore cookies* yang diberikan oleh nenek. Saya juga sedang mencari jalan yang paling sesuai untuk menerangkan kepada nenek.

Umur nenek sudah meningkat, daya pendengaran beliau tidak sebaik dahulu. Beliau menolak alat pendengaran yang tidak selesa dipakai, sesiapa yang ingin bercakap dengan beliau terpaksa meninggikan suaranya atau menunjukkan idea dengan bantuan tangan. Ada kalanya nenek faham apa yang kami terangkan dengan cepat.Ada kalanya komunikasi antara kami gagal, akhirnya apa yang diperkatakan tidak disampaikan dengan baik jua. Lama-kelamaan, nenek dengan kami seperti dipisahkan oleh satu sungai yang besar, katil sungai itu semakin lebar, jarak antara kami semakin jauh, walaupun kami

你有看见我的马来貘吗?
Adakah Kamu Nampak Tapir Saya?

食……

姐姐性格古怪,喜怒无常,该笑的时候哭,该哭的时候又笑。

其次,姐姐的沟通能力也有问题。奶奶是听力减退,造成沟通障碍,而姐姐五官灵敏,四肢还发达,但头上好像长了外星天线,永远听不懂或误解地球人的话。因此,我得先做好万全准备,不能贸然行动。

我左顾右盼,终于等到晚餐后,全家人一起吃水果、看电视的时刻。电视综艺节目的主持人表情诙谐有趣,姐姐不时发出笑声。我判断她的情绪稳定,适合交谈。

"姐姐。"我轻唤她,仿佛怕刺破美丽的泡沫。

"嗯。"姐姐微微点了头,表示听见,但她的视线里只有电视。

"你有看见我的马来貘吗?"

"没有。"姐姐不消半秒就回答了,似乎想都没想过,显然在敷

berusaha berenang ke arah nenek dengan sedaya-upaya,masih tidak kesampaian ke sisi nenek.

"Nenek, adakah kamu nampak tapir saya?"Pada mulanya saya menerangkan rupa tapir saya itu, "berwarna hitam dan putih, hidungnya macam babi, tapi juga macam gajah, sebesar ini…, sambil membuka tangan saya untuk menunjukkan saiz yang berjarak 30 sentimeter, itulah saiz tapir saya.

Dengan cukup kesabaran nenek meneliti apa yang saya tunjukkan dengan tangan, kulit matanya yang telah jatuh ke bawah bergerak beberapa kali, beliau mula merenung.

Seterusnya, nenek membuka sekali lagi almarinya…

"Cucu kesayangan saya, ini ialah biskut *Chipsmore* yang terakhir nenek ada."Nenek berwajah sedih dan berkata dengan perlahan, "Sila makan perlahan-lahan, sedikit demi sedikit, jangan kamu mengunyah,biarkan biskut dalam mulut dan cair baru kamu telan."

Nenek meletakkan *Chipsmore cookies* di telapak tangan saya, tetapi tangannya masih tidak melepaskan biskut itu.

衍我。

"你再想一想？"我试图让姐姐把注意力转移到我身上，"黑色上半身，白色下半身，肚子圆……"

"没有，"姐姐冷淡地说，"不要妨碍我看电视。"

"那个马来貘对我很重要，你可以……"我不放弃追问。姐姐是我最后的希望。

"我说没有就没有！"姐姐终于转过头看我了，"你又怀疑我偷了你的东西，是不是？"

"我没说你偷……"我压低声音，尝试不激怒姐姐。

"我已经说'没有、没有'了，你分明是不相信我！"姐姐疾言厉色，我想我已刺破了那美丽的泡沫。

"姐妹俩有什么不能好好说？为什么又吵起来？"老妈电视看不下去，责备我们，"让我耳根清静

Tujuan saya datang bukan untuk minta biskut! Saya kembalikan biskut kepada nenek, lalu memohon berundur diri.

Pelan mencari tapir saya tidak menemui sebarang kemajuan. Saya tidak faham, mengapa tapir saya hilang dengan tiba-tiba? Siapakah yang berminat terhadapnya? Kali ini, muka kakak saya muncul di depan mata. Kakak merupakan orang yang paling besar kesangsiannya, kerana beliau mempunyai banyak rekod terdahulu masuk ke bilik lalu mengambil barang tanpa pengetahuan saya. Kakak pernah ambil kamus saya, dua buah novel, lima bungkus makanan ringan yang merupakan hadiah perayaan hari kanak-kanak.

Karakter kakak sangat pelik, kekadang tertawa, kekadang menangis. Masa yang sepatutnya gembira, kakak menangis, masa yang sepatutnya menangis, dia pula ketawa.

Kedua, kakak juga menghadapi masalah komunikasi. Masalah nenek ialah keupayaan pendengaran beliau semakin merosot, penyebab halangan berkomunikasi. Manakala kakak sihat tetapi antenanya seakan-akan tersambung ke planet lain, tidak mengerti bahasa manusia.

一天,不行吗?"

"妈,这个人又诬赖我偷她的东西!"姐姐向老妈投诉,一脸气呼呼的。

"什么'这个人、那个人',她是你妹妹!"妈妈纠正了姐姐,又转向我,"你怎么能诬赖姐姐?"

"她刚才很专心看电视,我只是希望她好好想一想。"我解释。

"我的眼睛在看电视,但我耳听八方!"

我们三人的话音节节提高,和电视声音混成一团,气氛炽热,好像大火烧到大家的头上来了。

这时,客厅突然寂静,电视机的屏幕黑了,我们三人因讶异而安静下来。混战终告休止。原来是老爸关了电视。

"到底发生了什么事?"老爸一开口,就好像森林之王低吼了一声,所有动物都停下一切活动,躬身聆听。

Maka, saya telah pun membuat persediaan yang rapi, tidak bertindak terburu-buru.

Setelah lama menunggu, akhirnya sampai jua masa makan malam. Kami sekeluarga makan buah bersama, melihat TV bersama. Pengacara bagi program TV sangat mencuit hati, kakak tertawa juga. Kelihatan kakak gembira, saya menilai keadaannya stabil dan sesuai untuk bersembang.

"Kakak." Saya memanggil kakak secara lembut. Bimbang mencetuskan emosinya bak memecahkan buih yang indah.

"En." Kakak angguk lembut juga, pandangannya ralit pada TV.

"Adakah kamu nampak tapir saya?"

"Tidak nampak." Tanpa meragui apa-apa, kakak terus menjawab. Ternyata kakak hanya menjawab semata-matnya.

"Bolehkah kakak fikir terlebih dahulu sebelum menjawab soalan?" Saya cuba mengalihkan tumpuannya kepada soalan.

"Badannya separuh hitam bahagian atas, separuh putih sebelah bawah, perutnya bulat…"

"Tidak nampak." Kakak menjawab dengan

"她诬赖我偷……"

"我只是问她……"

"你先说。"老爸望着我说。

我终于等到这个历史性的黄金时间——"你们有看见我的马来貘吗?"

"没有。"同样没过半秒,除了奶奶,全家人齐声答道。

我的心开始扑扑跳,一股温热的气流快从颈项涌上脑袋。

"那个黑白色的马来貘啊,"我看着老爸说,"那天我们逛街,经过一个为濒临绝种动物慈善筹款的摊子,我见那个马来貘很可爱,你就买下来送给我,你记得吗?"

"不记得。"老爸疑惑地回答。他用一副好像忘了自己是谁的表情看着我。

"老妈,你当时说'能行善,又能让我带个玩具回家作伴,真是一举两得',你记得吗?"

tenang sekali. "Jangan kamu ganggu saya tengok TV."

"Tapir itu amat penting bagi saya, bolehkah kamu…" Saya terus bertanya kepada kakak. Kakak merupakan harapan terakhir.

"Dahlah saya kata tidak nampak!" Akhirnya kakak beralih pandang menghadap saya.

"Kamu ni sangsi saya mencuri barang kamu lagi? Betul?"

"Saya tak pernah kata kamu mencuri…," saya menjawab dengan suara yang cukup rendah, takut juga mencetuskan kemarahannya.

"Dahlah, saya kata tidak nampak, tidak nampak! Kamu ni tidak percayakan saya!" Marah juga kakak, rasanya buih yang indah telah dipecahkan.

"Kamu ni adik-beradik, mengapa tidak boleh bawa bincang dengan cara baik? Buat apa bergaduh lagi?" Ibu tidak sabar meneruskan tontonannya, menyalahkan kami berdua. "Bolehkah kamu berdua ini diam dalam sehari, biarkan saya tenangkan hati!"

"Ibu, orang nilah yang menuduh saya lagi!" kakak mengadu kepada ibu, kemarahannya tidak

你有看见我的马来貘吗？
Adakah Kamu Nampak Tapir Saya?

"不记得。"老妈也如此回答，又是一副"你们是谁，为什么我会在这里"的表情。

"姐，你那时还告诉我，马来貘怀胎十三个月，一次只能生一胎，所以数量很少，现在全球仅剩两千多只，跟熊猫的数量差不多，不好好保育就要绝种了，你记得吗？"

"不记得。"姐姐颇为惊讶，因为她没想到她会对我循循善诱，耐心教导。

"你确定你曾有个马来貘吗？"老妈语气转为温和，一手摸着我的额头问，"这个孩子不知是不是压力太大，变傻了？"

我跌坐在椅子上。难道马来貘是我的幻觉？

不可能！我和马来貘在一起已有好多的日子了！

"嗯……"奶奶忽然发出声音。

我们立刻注视奶奶，期待她

dapat dibendung lagi.

"Apa orang ini, orang itu? Dia ni adik perempuan kamu!" Ibu membetulkan kakak lalu bertanya kepada saya, "mengapa menuduh kakak kau pula?"

"Bukan menuduh tu, kakak asyik tumpu pada TV, tidak fokus pada soalan saya." Saya cuba memberi penerangan.

"Walaupun saya sedang tengok TV tapi telinga saya boleh dengar mesej yang disampaikan dari kesemua arah!"

Perbualan kami bertiga semakin rancak sehingga bercampur baur dengan suara yang dikeluarkan dari TV, tak ubah kebakaran yang sedang hangat membara situasi semasa.

Tiba-tiba ruang tamu sunyi, skrin TV gelap dan kami bertiga terkejut. Pergaduhan diakhiri dengan perbuatan ayah yang menutup TV.

"Apa yang berlaku sebenarnya?" Ayah melepaskan geramnya dengan menjerit kepada kami semua, bagai raja hutan menakutkan kesemua haiwan yang berada di dalam hutan. Semua aktiviti dihentikan dan menunggu arahan seterusnya dari raja kami.

会说什么。

"电视是不是坏了?"奶奶指着电视机问。

"马上开,马上开。"老爸连忙按遥控器上的按钮,电视恢复了画面和声音。综艺节目还没有结束。全家人继续吃水果、看电视,一如往常。

没有人再提起马来貘。

没有人发觉我已走回房里,客厅的一个位子空了。

我忘了我在房里哭了多久,泪水浸湿了枕头一角和一条毛巾。我失去了一个可以倾诉的好朋友,也没有愿意安慰我的怀抱了。

上次哭是什么时候呢?我也忘了。有马来貘在,我就不会哭。现在马来貘不在了,我今后可能天天要以泪洗脸了。

由于水分流失太多,哭得有点渴,我走出房间,到厨房倒水喝。

这时已是深夜十二点多,客

"Dia menuduh saya mencuri…"

"Saya hanya tanya saja…"

"Kamu terangkan terlebih dahulu."Ayah berkata dengan saya.

Akhirnya tiba jua saat yang saya nanti-nantikan, saya melontarkan soalan.

"Adakah sesiapa pernah nampak tapir saya?"

"Tidak nampak." Hampir dalam masa yang sama, sekeluarga menjawab serentak kecuali nenek.

Hati saya berdebar-debar dan terasa satu aliran panas sedang melalui kepala.

"Ayah, tapir yang berwarna hitam putih tu, yah. "

Saya cuba terangkan lebih lanjut lagi kepada ayah.

"Hari itu, kita melalui satu *booth* yang sedang mengadakan aktiviti derma untuk haiwan yang terancam, saya ternampak satu patung tapir yang comel, lalu ayah membelinya untuk saya, masih ayah ingat lagi?"

"Tidak ingat dah."Ayah berasa hairan, dan seperti tidak mengenali dirinya siapa.

厅的灯熄了，黑黢黢的。各房门底下的缝都没有光溢出，大家都睡了。

"噔噔。"我听见微弱的声音在厨房外响起。

我停下倒水的动作，静心细听。

"噔噔。"声音又来了。

该不会是有小偷破门行窃吧？我该大叫还是该逃跑呢？天啊，我该怎么做？

许久之后，声音不再传来。我蹑手蹑脚走出厨房，观察四周，不见人影也不见异状。我再走几步，看见一只牛站在储藏室外！

我家竟然闯进一只牛！

我知道牛很壮实，也知道牛会追人，可不是好惹的动物。虽然传统故事中常形容牛是老实憨厚的动物，但故事归故事，现实归现实，我是一个即将毕业的小学生，已经懂得这个道理。

"Bu, hari tu ibu kata, kita beli satu, patung itu boleh jadi teman kepada saya, boleh juga membantu haiwan yang terancam, beli satu patung tapi berpahala dua."

"Adakah ibu masih ingat lagi?" ibu pula menjawab, "tidak ingat dah." Dan ibu juga menunjukkan reaksi hairan sama dengan ayah, dan seperti tidak mengenali dirinya siapa dan mengapa dirinya berada dekat sini.

"Kakak, masa tu, kakak bagi tahu, tapir mengandung tiga belas bulan, dan hanya satu anak saja sekali kandungannya, maka jumlah tapir adalah sangat kurang. Sekarang seluruh dunia hanya tinggal dua ribu ekor tapir saja, jika tidak melakukan pemuliharaan secara bersistematik, akan hapus tapir ini. Masih kakak ingatkah?"

"Tidak ingat dah." Kakak terkejut kerana tidak percaya dirinya pernah mengeluarkan kata-kata yang begitu berunsur pendidikan kepada saya.

"Kamu pasti kamu ada seekor tapirkah?" suara ibu lembut bertanya seraya menyentuh dahi saya.

"砰!"那只牛居然撞向墙,但看似意外,不是蓄意。这只牛深夜到我家来撞墙,到底在玩什么把戏?

我慢慢走近,在厨房散出的微弱灯光中,我惊觉:那不是牛,而是马来貘!黑白分明的马来貘!

马来貘走进了储藏室,我即刻追去。进入储藏室后,我却没见到马来貘,储藏室也没有变化。

这时,阵阵夹带暖意的湿气喷在我的背部,又凉又痒。我转身一望,马来貘正和我四目相对!

我旋即头昏脑涨,四肢酥软发麻,不由自主地闭起双眼,感觉自己好像离开地面,飘了起来……

我的脑袋像是掉进了旋涡,不停转啊转,黑暗深得不见一点光。直到我听见水声似风铃般在我的耳边回荡。清风轻抚我的刘海,像小时候妈妈哄着我入

"Adakah anak ni terlalu tertekan sehingga menjadi tidak waras?"

Saya terjatuh dari kerusi, adakah kesemua ini hanya khayalan?

Tidak! Saya sungguh-sungguh bersama tapir selama ini! Kami sudah lama bersama.

"Herm..." tiba-tiba nenek ingin mengatakan sesuatu.

Semua kami fokus kepada nenek dan berharap beliau mengatakan sesuatu.

"Adakah TV sudah rosak?" Nenek tunjuk jari pada TV.

"Biar saya on TV sekarang." Ayah segera menghidupkan TV dan TV berfungsi dengan normal, ada gambar, ada suara. Program TV masih terus ditayangkan. Seluruh keluarga kami sedang makan buah, tengok TV, rutin seharian kehidupan kami.

Tidak ada sesiapa lagi yang berkata-kata tentang tapir saya.

Tidak ada sesiapa pun menyedari yang saya sudah masuk ke bilik tidur, di ruang tamu tempat duduk saya kosong.

Saya sudah lupa berapa lama saya

你有看见我的马来貘吗?
Adakah Kamu Nampak Tapir Saya?

睡的手。

我缓缓睁眼,发觉自己躺在河边,而满天都是星光。

还有,马来貘坐在我的身边。

我感到有点害怕又有点紧张。我不知道这只马来貘是不是我认识的马来貘,也不知道这只马来貘是好是坏,但我确定它是那只在我家撞墙的马来貘。

我用力深吸一口气,发出微小的声音,以引起马来貘的注意。

"你怎么跟着我来了?"马来貘会说话!

"你会说人话?"我惊讶地问。

马来貘平静地说:"在这个世界里,动物都能互相沟通。你也是动物,跟猴子一样是灵长类。"

"这是什么世界?"我东张西望,只见大树、草地和小河。

"这是马来貘的世界。"

"野生动物园吗?"

老虎会出现吗? 我好害怕,把

menangis, satu bahagian dari bantal berendam basah dan tuala juga basah dek air mata. Saya telah kehilangan seorang kawan yang boleh bercakap dengan saya, kehilangan seorang kawan yang boleh mengeluarkan kata-kata untuk menyenangkan hati.

Bilakah kali terakhir saya menangis? Entahlah, saya tidak ingat. Kalau tapir saya ada, saya tidak akan menangis. Sekarang tapir saya sudah hilang, hari-hari seterusnya kemungkinan besar saya dikehendaki menangis setiap hari.

Disebabkan kehilangan air yang terlalu banyak akibat tangisan yang berterusan, saya berasa haus dan keluar dari bilik menuju ke dapur untuk minum air.

Masa sekarang sudah pukul 12.00 tengah malam, lampu di ruang tamu telahpun dipadamkan, ruang tamu gelap. Tidak ada sebarang pancaran cahaya keluar dari celah-celah bilik, sekeluarga telah pun tidur.

'Deng deng.' Saya terdengar suara berbunyi di luar dapur.

Saya berhenti bergerak dan cuba menenangkan hati lalu meneliti itu bunyi apa.

身子挪近马来貘。

"不是,这个世界除了马来貘,没有别的动物。只不过,现在多了一个你。"马来貘保持同样的语调,如风声,淡淡的,没有重量。

"你失踪几天,就是来到马来貘的世界?"

马来貘说:"我要回到属于我的地方。"

"我对你不好吗?你为什么要走?"酸楚冒上来,我又想哭了。

"人类太可怕了,时常开车撞死我的朋友。最近的两个月里,我有两个朋友甚至被人类虐杀,弃尸在路边。我的朋友越来越少,人类一直忽视我们,我们快消失了。"

"我不可怕。我会保护你。"我十分坚定地说,"你是我最重要的朋友,我不会让任何人伤害你。"

"你只是一个小孩,能做什么呢?"

我展示我手臂上的肌肉说:

'Deng deng.' Bunyi yang sama kedengaran sekali lagi.

Adakah pencuri cuba memasuki rumah kami? Adakah saya sepatutnya menjerit meminta pertolongan daripada orang ramai? Apa yang sepatutnya saya lakukan?

Setelah lama menunggu, tidak ada suara yang kedengaran. Saya dengan langkah yang cukup berhati-hati keluar dari dapur seraya meneliti sekeliling, tidak kelihatan bayang sesiapa pun dan tidak ada juga yang tidak kena. Saya meneruskan langkah dan terkejut apabila ternampak seekor lembu berada di luar stor!

Seekor lembu merempuh masuk ke dalam rumah saya!

Saya tahu lembu itu sangat kuat, dan saya juga tahu lembu mengejar orang, bukan haiwan yang senang dipelihara. Walaupun terdapat banyak cerita yang menerangkan karakter lembu itu jujur dan baik, tetapi cerita itu cerita, realiti itu realiti. Walaupun saya hanyalah seorang pelajar yang bakal tamat tahun enam, tetapi saya sudah mengetahui fakta ini.

'Peng!' Lembu itu meluru ke arah dinding,

你有看见我的马来貘吗?
Adakah Kamu Nampak Tapir Saya?

"我的力气不小,我会尽我所能保护你。"

马来貘一眼都不看我。

"你看看我,好吗?"我恳求道。

"我的视力很差,什么也看不清楚。"

"难怪你撞墙!"我恍然大悟。

马来貘又说:"我的嗅觉和听觉很灵敏,我闻到你的眼泪,听见你埋在枕头里的哭声,就回来看看你。"

想起刚才,我好难过。

"不如我搬到马来貘的世界里来吧?"我和马来貘的相处胜于跟人类,或许我适合住在马来貘的世界。

"这里不适合你。"马来貘一口拒绝。

"人类的世界也不适合我。我找不到可以说话的人。"我说,"我好孤单。"

"你是人,永远属于人的世

walaupun nampak semacam satu kemalangan dan bukannya dilakukan dengan sengaja. Apa tujuan lembu ini datang ke rumah saya pada larut malam, apa sebenarnya motifnya?

Saya mendekati lembu itu dengan perlahan-lahan, dengan bantuan pancaran cahaya yang lemah, baru saya sedari bahawa itu bukan seekor lembu tetapi seekor tapir! Terang-terang warna hitam putih, itulah seekor tapir!

Tapir masuk ke dalam bilik stor, saya mengekorinya dari belakang. Sebaik memasuki bilik stor, saya tidak nampak kelibat tapir tadi, bilik stor pun macam biasa sahaja.

Pada saat ini, sejuk menyerang dari belakang, sebaik berpusing dan melihat ke belakang, rupa-rupanya tapir berada di sini dan termenung melihat saya!

Saya berasa pening dan kaki serta tangan menjadi kaku, saya pejamkan mata, terasa seperti saya meninggalkan bumi, sedang melayang di tengah-tengah…

Otak saya umpama jatuh ke dalam pusingan, putaran yang berterusan membuat saya tidak mampu melihat segala-galanya. Sehingga

界，"马来貘说，"而人的世界善变、复杂，永远需要学习适应。"

"你是爸爸送给我的，应该是属于我的，那你怎么能想离开就离开？"我忽然有所领悟。

马来貘沉默不语，似乎有些心虚。我走到它的面前，和它面对面说："人类的世界固然可怕，但也有好的一面。比如我遇见了你，你遇见了我。你说是吗？"

"好吧，那我们一起回去吧！"马来貘深吸一口气后说，仿佛鼓起了勇气，下定决心。

"太好了！"我很高兴我说服马来貘和我一起回家，但我没见到类似出口的地方，"我们该怎么回去呢？"

"你好好睡，醒来就到家了。"

我按照马来貘的指示，躺在我刚才醒来的地方，慢慢入睡。

"这个孩子居然睡在储藏室，是不是真傻了？"老妈站在储藏室

saya terdengar titisan air, seperti bunyi loceng angin rapat ke telinga. Angin berpuput lembut dan menyentuh rambut di bahagian dahi, persis tangan ibu yang membelai saya ketika kecil.

Saya membuka kelopak mata perlahan-lahan, rupa-rupanya saya berada di tepi sungai, di bawah langit yang penuh dengan taburan bintang.

Dan, ada seekor tapir di sisi saya.

Saya sangat takut dan cemas. Saya tidak tahu adakah tapir ini tapir saya yang telah hilang itu, entahlah.Tapir yang berada di sini tapir yang baik atau jahat?Apa yang pasti, inilah seekor tapir yang meluru dinding rumah saya tadi.

Saya menarik nafas sedalam-dalamnya, sebelum mengeluarkan suara yang cukup kecil untuk menarik perhatiannya.

"Mengapa kamu mengekori saya ke sini?" tapir itu berkata!

"Kamu boleh bercakap?"saya terkejut.

Tapir menjawab dengan tenang, "di dalam dunia ini, haiwan saling berinteraksi. Kamu haiwan juga, dikategorikan sama dengan monyet."

门口大叫。

我被吵醒后,发觉自己蜷缩在储藏室的地上,像一只虾米。

老爸走进储藏室,一手把我抱起,然后送我回房间。

我躺在床上,睡眼惺忪,而全家四双眼睛正盯着我看,大家都感到万分惊奇。

"一定是想那个什么魔,想傻了!"老妈担忧地说。

这时,姐姐叫道:"马来貘在这里!"

我抬头一看,马来貘果然回到它原来的位置了。

"原来是这个玩具啊!"原来老爸和老妈当马来貘只是普通玩具。

我从姐姐的手里接过马来貘,并对着马来貘微笑。

"你看你看,"老妈又发出惊疑的叫声,"她对着玩具笑,真是傻了!我得煮个补脑汤,给她补补

"Sini alam apa?"saya melihat sekeliling, hanya ada pokok, padang dan sungai.

"Sini alam tapir."

"Zoo bagi haiwan liarkah?"

"Harimau itu akan munculkah?"saya sangat takut, lalu beralih kedudukan dengan mendekati tapir itu.

"Tidak, ini ialah alam tapir, tidak ada haiwan selain tapir di sini. Yang tidak sama dengan dulu ialah kehadiran kamu saja." Tapir itu memberi penerangan dengan nada suara yang sama. Pertuturannya seperti suara angin, tiada intonasi.

"Kamu telah menghilangkan diri beberapa hari, adakah kamu kembali ke sini, ke alam tapir?"

Tapir berkata, "benar, saya ingin kembali ke tempat asal saya."

"Adakah saya layan kamu dengan tidak baik? Mengapa kamu meninggalkan saya?"saya terasa hati dan ingin menangis.

"Manusia terlalu menakutkan, selalu membunuh rakan saya di jalan raya. Pada dua bulan yang lepas, terdapat dua rakan saya

你有看见我的马来貘吗?
Adakah Kamu Nampak Tapir Saya?

脑袋里缺少的那条筋!"

语毕,全家人都离开了我的房间。

此时,我仿佛看见马来貘也对着我笑。

dibunuh dengan cara yang cukup kejam. Rakan saya semakin berkurangan, manusia telah mengabaikan kewujudan kami selama ini. Kami akan pupus pada masa akan datang."

"saya tidak menakutkan. Saya akan memberi perlindungan kepada kamu." Saya menekankan apa yang hendak dikatakan lagi,"kamu ialah kawan terbaik saya, saya tidak izinkan sesiapa pun yang cuba mencederakan kamu."

"Kamu hanya budak saja, apa yang kamu boleh lakukan?"

Saya tunjukkan otot yang ada pada lengan saya.

"Saya cukup kuat ni, penuh dengan tenaga, saya akan melindungi anda semampu saya."

Si tapir tidak memandang ke arah saya.

"Bolehkah kamu memandang saya walaupun sekejap saja?" saya merayu.

"Daya penglihatan saya tidak baik. Saya tidak dapat melihat dengan sebaiknya."

"Itu sebabnya kamu merempuh dinding!" saya sedar apa yang berlaku sebenarnya.

Si tapir melanjutkan, "deria bau dan deria

pendengaran saya cukup baik, saya dapat mencium air mata kamu, mendengar tangisan kamu dalam pelukan bantal. Itu sebabnya saya kembali untuk mencari kamu."

Terkenang apa yang berlaku tadi, saya berasa sakit hati.

"Biarlah saya pindah ke alam tapir, baikkah? Saya boleh hidup dengan baik di alam tapir berbanding di dunia yang penuh dengan manusia. Saya rasa lebih sesuai berada di sini."

"Sini tidak sesuai dengan kamu." Tapir menolak cadangan saya.

"Dunia manusia juga tidak sesuai bagi saya. Saya tidak dapat bercakap dengan sesiapa pun di dunia manusia." Saya melanjutkan, betapa saya sangat sunyi.

"Kamu ni manusia, seumur hidup kamu kena berada di dunia manusia."

Tapir berkata,"dunia manusia sentiasa berubah, perlukan masa untuk menyesuaikan diri."

"Kamu ialah hadiah daripada ayah saya, sepatutnya kamu hak milik saya. Mana boleh kamu tinggalkan saya?"tiba-tiba saya memberi ulasan sebegini.

Si tapir tidak mengatakan apa-apa. Rasanya dia pun setuju dengan pandangan saya. Saya berjalan di hadapannya, dan bersemuka dengannya,"dunia manusia memang menakutkan, tapi ada kebaikannya juga. Contohnya, saya menemui kamu, dan kamu juga menemui saya. Kamu setuju?"

"Baiklah, marilah kita balik ke dunia itu!"Si tapir menarik nafas dan memberanikan diri, rupa-rupanya dia sudah memutuskan untuk balik semula ke dunia manusia.

"Baik!" betapa gembira saya kerana berjaya memujuk tapir balik ke alam manusia. Tetapi malangnya, saya tidak menemui mana-mana jalan keluar."Macam mana pula kita mahu kembali ke dunia asal kita?"

"Silakan tidur dengan lena, selepas kamu bangun dari tidur, kita kembali ke dunia manusia."

Saya bertindak seperti yang dipesan oleh tapir. Berbaring semula di tempat yang saya bangun tadi, masuk ke alam mimpi dengan perlahan-lahan.

"Apa hal yang membuat budak ni tidur di dalam bilik stor? Apakah dia sudah tidak siuman?" ibu menjerit-jerit di luar pintu bilik stor.

Saya terkejut mendengar jeritan ibu.Rupa-rupanya saya tidur bergulung di atas lantai bilik stor,seperti udang kering.

Ayah melangkah masuk ke dalam bilik stor lalu mengangkat saya menuju ke bilik tidur.

Saya terlantar di atas katil, dengan mata yang masih mengantuk, empat pasang mata merenung, semua ahli keluarga berasa pelik terhadap saya.

"Mesti budak ni memikirkan tapir sehingga menjadi gila dah!" ibu menyuarakan kerisauannya.

Tiba-tiba kakak menjerit,"tapir ada kat sini!"Saya pandang depan dan memang betul tapir saya telah kembali di tempat yang dia sepatutnya berada.

"Rupa-rupanya patung ini!" ayah dan ibu menganggap tapir itu patung biasa-biasa sahaja.

Saya mencapai patung tapir yang dihulurkan oleh kakak, senyum lebar kepada tapir saya.

"Cuba kamu lihat!" ibu menjerit,"dia senyum pada patung tapir tu, rasanya dia betul-betul jadi gila dah! Biar saya masak makanan yang berkhasiat untuknya!"

Semua ahli keluarga meninggalkan bilik saya.

Seolah-olah saya juga melihat si tapir saya sedang senyum lebar kepada saya pada saat ini.

你好，我是龙

Helo, Saya Naga

赖宇欣
Lai Yip Ching

（一）

山林空旷。

远处时不时传来一阵尖锐的笑声，但，这笑声在旁人听来，就是一波的"嘶嘶嘶"声。

噢，你猜对了，我们不是人。

但如果你听得懂蛇语，必定听得懂我们的对话。

今天，蛇窝里最后一颗蛋终于破了。

那是我，我一出生就知道自

1.

Di dalam hutan yang cukup lapang.

Suara kekekan yang menandakan keriangan kedengaran dari jauh. Suara ketawa sebegini yang kedengaran datang bukan daripada kelompok manusia membentuk gelombang suara yang berbunyi, 'si...si...si....'

Oh, benar tekaan kamu, kami ini bukan manusia. Jika kamu faham akan bahasa ular, maka kamu faham akan bahasa kami.

Pada hari ini, telur terakhir yang berada dalam sarang ular menetas.

己排行第九。别问我为什么会知道，这是天生的，就像人类，一出生就懂得哇哇大哭。

这也可以解释为"生物界的本能直觉"。

我一钻出蛋壳，就发现自己被一大群家伙包围着……

对了，那是我的哥哥姐姐们，它们正对我长得不一样的皮相而啧啧称奇。

"妈，它真的是你生的吗？"

"老天啊，这真的是我们的小妹吗？怎么它身上的颜色完全和我们不一样？而且图纹和我们有这么大的差别！"

"难道是基因突变？"

大家议论纷纷。

就在大家忙着交头接耳时，我认出了眼前的家庭成员——妈妈、大姐、二哥、三哥、四姐、五哥、六姐、七姐、八姐。

为什么没有爸爸？

Itulah saya. Anak bongsu bagi 9 adik-beradik. Selepas dilahirkan saya mengetahui perkara ini secara semula jadi tanpa diberitahu oleh sesiapa. Usah tanya bagaimana saya mengetahuinya, serupa dengan manusia yang menangis apabila dilahirkan, itu juga kelahiran semula jadi.

Ini juga boleh ditafsirkan sebagai intuisi makhluk kehidupan di dunia ini.

Saya menetas keluar dari kulit telur, lantas dikelilingi secara beramai-ramai.

Benar, mereka ialah adik-beradik saya. Mereka sedang rancak berbincang perihal kelainan rupa saya berbanding dengan mereka.

"Bu, benarkah dia ni anak kandung kamu?"

"Tuhan oh Tuhan, benarkah ini adik perempuan bongsu kami? Mengapa warna di atas badannya tidak sama langsung dengan kami? Corak warna apakah kesemua lain?"

"Adakah ini disebabkan perubahan DNA?"

Perbincangan yang melibatkan ramai ini semakin hangat.

Semasa perbincangan itu diadakan, saya sudah mengecam kesemua adik-beradik saya.

"一带一路"沿线国家儿童文学经典书系（第一辑）·马来西亚卷
Siri Buku Klasik Kesusasteraan Kanak-kanak
The Belt and Road（Jilid 1）· Jilid Malaysia

妈妈说，有缘分我们就能重遇爸爸，而且会第一眼就认出它。

这是生物界的奥妙，靠着气味和生物本能就可以认出对方。

"要是爸爸遇到小九，还不一定能认出来哦！"四姐调侃。

"是啊，看，小九长得乱七八糟的！"八姐说道。

"它好丑！"六姐摇摇头。

"妈，小九是不是半路捡到的蛋？"七姐问道。

"孩子们，别瞎掰，它真的是妈妈亲生的，不要再怀疑了，让小九好好跟你们打招呼。"妈妈阻止姐姐们说下去。

经妈妈这么一说，大家终于静下来了，都瞪圆了双眼盯着我。

我发现自己和它们长得确实不太一样。

它们的背面是紫灰色，头部有三道黑斑，背中央有一行几十个黑色菱形斑，菱形斑中央是黄

Ibuku, Kak Longku, Bang Ngahku, Bang Alangku, Kak Utihku, Bang Panjangku, Kak Putihku, Kak Hitamku dan Kak Mudaku.

Mana ayah?

Ibu menjawab, jika ada jodoh di masa depan kami akan bertemu lagi dengan ayah, dan kami akan dapat mengecam ayah dengan hanya pandang pertama.

Inilah keunikan alam makhluk kehidupan yang mampu mengecam spesies yang sama melalui bau badan dan naluri binatang yang tersendiri.

"Jika ayah bertemu dengan si Su, tidak dijamin beliau dapat cam si Su ni anaknya!"Kak Utih berkata.

"Betul tu, cuba lihat mukanya, kacucan bukan kacukan, ular bukan ular, rupa yang kelam kabut!"Kak Muda menyampuk.

"Dia ni sangat hodoh!"Kak Putih menggeleng.

"Bu, si Su ni kamu kutip di tepi jalankah?"Kak Hitam bertanya.

"Budak-budak ni, jangan kamu orang mengarut lagi. Si Su benar-benar anak kandung

色的鳞片，看起来多么绚丽夺目。

"你还没和大家打招呼，小东西。"二哥和我眨眨眼。

"你们好，我是龙。"我声小如蚂蚁。

"什么？你再说一声，你是什么？"六姐冲我问道。

"我是龙。"我重复道。

"太好笑了！哈哈哈！"身边的四姐止不住大笑。

"老天！"二哥摇摇头，"你真的不知道自己是什么吗？"

"天啊！"七姐大喊道，"妈，我们家出了一个怪胎！"

"别这样说！"妈妈白了七姐一眼，"小九是长得特别，但不是什么怪胎。"

"明明就是怪胎，你看它身上的颜色！"八姐小声咕哝一句，但马上被妈妈严厉的眼神狠狠一瞪，不敢说第二句话。

"小九，吐出芯子。"五哥吐

ibu. Jangan meragui kelahiran si Su. Sila bertanya siapa dengan cara yang baik dengan si Su."Ibu menghentikan perbincangan yang semakin melampau.

Setelah ibu berkata demikian, semua mendiamkan diri, mereka hanya merenung saya dengan mata yang bulat.

Saya perasan saya ni memang jauh berbeza dengan mereka dari rupa bentuk.

Belakang mereka berwarna kelabu-ungu, kepala mereka mempunyai bintik-bintik yang bergaris tiga dan berwarna hitam. Di tengah-tengah belakang mereka terdapat bentuk berlian yang berjumlah puluhan dan berwarna hitam juga. Di tengah-tengahnya sisik warna kuning, kelihatan begitu cantik dan menarik perhatian.

"Kamu masih belum bertanya siapa dengan kami, Si Su." Abang Ngah mengedipkan matanya ketika bertanya kepada saya.

"Helo, saya ialah naga." Saya menjawab dengan suara kecil seperti semut.

"Apa, apa kamu kata? Kamu apa?" Kak Putih mengulangi pertanyaannya.

"Saya ialah naga." Saya mengulangi

芯，发出了"嘶嘶嘶"声。

"噗噜！"我依样葫芦，却发出和五哥不一样的声音。

"看到了吧？小九就是一条畸形蛇。"八姐呛声。

"孩子们，记好了，我们是玉斑锦蛇族。"妈妈看着我温柔地提醒。

"不，妈！"一听到妈妈这么说，我又急了，"我是龙！"

"又说自己是龙！你明明就是条蛇！"四姐又笑了。

"我是龙！"我提高声调强调。

"你没药救了！"八姐懒洋洋地卧在泥地上，"小九，你口口声声说自己是龙，你会飞吗？遇到老鹰你敢说你是龙吗？"

"老八，你遇过老鹰吗？怎么说得像你真的遇过老鹰似的！"大姐被八姐咄咄逼人的话逗笑。

"小九，龙是会飞的，能腾云驾雾，能呼风唤雨！你说你是龙，

jawapan yang sama.

"Mencuit hati kau ni! Hahaha!" Kak Utih ketawa tanpa henti.

"Tuhan oh Tuhan!" Abang Ngah menggeleng,"betulkah kamu benar-benar tidak tahu kamu ni siapa?"

"Tuhan oh Tuhan!" Kak Hitam menjerit, "bu, anak aneh ni dari keluarga kami!"

"Jangan kamu berkata begitu!" lbu melemparkan satu pandangan tajam kepada kakak."Si Su kita hanya dilahirkan unik sikit, bukannya aneh."

"Terang-terang dia ni aneh, cuba kamu teliti warna di atas badannya!" Kak Muda berbisik-bisik tetapi terus dihentikan oleh ibu dengan satu pandangan yang cukup tajam, Kak Muda ditakutkan oleh ibu dan tidak berani mengatakan apa-apa lagi.

"Si Su, sila julurkan lidahmu." Abang Panjang menjulurkan lidahnya, lalu mengeluarkan suara 'si...si...si...'

'Pu... Lu...!' saya mengajuk Abang Panjang dan cuba menjulurkan lidah, tetapi suara yang dikeluarkan lain daripada Abang Panjang.

那你的翅膀呢?"七姐用质问的语气问道,"还有,你通过龙的试练了吗?"

"龙的试练?"我歪着头思考,但脑袋一片空白。

"不要这样跟小九说话,它还小嘛。"三哥看着我温柔地表示。

"它还小?它不是和我们同窝出生的吗?就比我们晚几个小时破壳而已!"八姐愤愤不平。

"老八,别这样,"五哥轻轻推开八姐爬到我面前,"你们看,小九这一身虽然跟我们有别,但也不失美丽。"

"好啦,兄弟姐妹们,别争吵了!妈妈有话要交代!"大姐高声说道。

"好孩子们,今天以后,我们就要分开各自生活,妈妈就照顾你们到这儿了,以后,你们还是要靠各自的本领存活!你们还小,外面很多动物会对你们虎视眈眈,

"Nampak dah? Si Su ni seekor ular yang cacat." Kak Muda bersuara.

"Anak-anak saya, sila ingat, kita ni ialah jali mandarin." Ibu dengan lembut mengingatkan kami.

"Tidak, bu!" Saya tergesa-gesa mahu memberi penjelasan selepas mendengar pesanan ibu."Saya naga, bu!"

"Dia kata dia naga lagi! Pada hakikatnya kamu seekor ular!"Kak Utih ketawa.

"Saya ialah naga!"Saya meninggikan suara lagi.

"Kamu ni tidak boleh diubati dah!"Kak Muda bergolek di atas tanah."Si Su, kamu kata kamu seeokor naga, kan? Bolehkah kamu terbang? Bila bertemu dengan helang, beranikah kamu kata kamu ialah seekor naga lagi?"

"Si Muda, pernahkah kamu bertemu dengan helang? Bila cakap macam ni, macamlah pernah bertemu dengan helang pula!"Kak Long tertawa mendengar kata-kata Kak Muda.

"Si Su, naga itu mampu terbang, boleh mengejar awan, mengarahkan hujan, bolehkah kamu berbuat demikian? Mana sayap kamu?"

不过，别怕，把你们的毒牙拿出来！像妈妈这样！"妈妈露出了自己的毒牙，发出了"嘶嘶"的响声。

"嘶嘶嘶！"众兄弟姐妹一起吐芯，咧嘴露出了毒牙。

"噗噜！"我发出了和大家不一样的声音。

"小九真笨！"八姐瞥了我一眼，"是一条脑袋坏掉的玉斑锦蛇。"

（二）

"你是龙。"

我的心底总有一个声音这么嘀咕。

我偷偷问过五哥，它说它听到自己心底的声音，是告诉它是一条玉斑锦蛇。

奇怪，难道我听错了？！

这件事困惑了我很久，已经好几天，我甚至忘了找东西吃。

这一天，我终于感到饿了，恰好有一只小老鼠在我面前跑过，

Kak Hitam bertanya lagi, "tambahan pula, pernahkah kamu melalui ujian sebagai seekor naga?"

"Ujian yang perlu dilalui oleh naga?" Walaupun saya sedang berfikir apa maksudnya tetapi sebenarnya dalam otak saya kosong.

"Janganlah berkata begitu dengan Si Su, dia masih budak lagi." Abang Alang menyampuk dengan lembut.

"Dia masih budak lagi? Bukankah dia sama dengan kami dalam sangkar yang sama? Hanya beberapa jam lewat dan dia menetas keluar dari telur saja." Kak Muda membalas dengan marah.

"Si Muda, janganlah kamu berperangai begini." Abang Panjang menolak Kak Muda ke tepi lalu bergolek di depan mata saya. "Cuba kamu semua lihat, walaupun dia ni berbeza dengan kami, tetapi dia masih kelihatan cantik."

"Baiklah adik-beradik, jangan bergaduh lagi! Ibu ada pesanan!" Kak Long berkata dengan suara yang lantang.

"Semua anakku, bermula pada hari ini, kita akan berpisah dan memulakan kehidupan masing-masing. Setakat ini yang ibu mampu

你好，我是龙
Helo, Saya Naga

我毫不犹豫地扑向前，一口咬住了小老鼠，正打算大快朵颐的时候，一个声音打断了我，"咦？你是？"

抬头一看，发现是一条青蛇。

"我是龙。"我口齿不清地表示。

"你是龙？真稀奇，我是第一次听说龙吃小老鼠呢！龙不是吸天地之灵气、日月之精华的吗？竟然吃可怜兮兮的小老鼠？哈哈哈！太好笑了！"小青蛇说道。

这一番话让我羞得无地自容，我连忙改口说，"你听错了，我说，我的名字是龙。"说完，我立即开溜。

我不知道自己为什么要溜走。

也许我心虚，也许我害怕，或是羞愧。

这样又过了两天。我饿扁了。

一只小青蛙在我面前跳过，我意兴阑珊地瞥了一眼，没打算吃。

龙怎么能吃小青蛙呢！

"小东西，你不吃，那就是我

menjaga kamu semua. Kehidupan yang seterusnya bergandung kepada kebolehan kamu semua masing-masing! Kamu semua ni masih kecil lagi, di luar sana banyak haiwan yang ternanti-nantikan untuk membunuh kamu semua. Tapi usah takut, keluarkan gigi tajam yang kamu orang ada! Bertindak seperti ibu!"Ibu menunjukkan gigi tajamnya lalu mengeluarkan bunyi terang 'si...si...si...'

'Si...si...si...!' Semua adik-beradik menjulurkan lidah mereka serentak, menayangkan gigi tajam bersama.

'Pu… lu…!' hanya saya sahaja yang mengeluarkan suara yang tidak sama.

"Si Su ni memang bodoh!" Kak Muda memandang rendah terhadap saya."Kamu seekor ular jali mandarin yang telah cacat di bahagian otak."

2.

Anda seekor naga.

Dalam hati saya ada satu bisikan ayat seperti ini.

Pernah saya bertanya kepada Abang

的咯！"一只老猫头鹰轻轻一啄，小青蛙就变成了它的嘴中粮食。

看着猫头鹰一口吞下青蛙，我忽然想起妈妈的话，幼小的我可能也会成为它口中的美食，想速速逃开，但怎么都移动不快，看来我是因为太久没进食，力气使不上，爬行的动作慢得跟蚯蚓一样。

"小东西，你应该凶猛一点。"老猫头鹰建议道，"饿成这模样，不要挑食，吃饱再说。"

"龙应该吃什么。"我没头没脑地问了一句。

"龙什么都吃吧?"猫头鹰笑了，"不过这世界上到底有没有龙，我不知道，我没见过。"

"有龙。"我有气无力地说道。

"你见过?"

"我就是龙。"我闷闷地表示，可一说完此话我又后悔了，但已经没有力气开溜。

"那你会飞?"猫头鹰诧异地

Panjang secara rahsia, dia menjawab bahawa bisikan hatinya memberitahunya, bahawa dia ialah seekor ular jali mandarin.

Peliknya, adakah saya salah pendengaran?!

Hal ini mengelirukan saya sudah lama, ada beberapa hari saya lupa mencari makan kerana memikirkan perkara ini.

Pada hari ini, akhirnya saya lapar. Ada seekor tikus kecil lalu di depan mata, tanpa memikirkan apa-apa, terus saya tangkap tikus itu.Sebelum bertindak mahu memakan tikus itu dengan sepuas-puasnya,satu suara memberhentikan saya.

"yi? kamu ialah…?"

Bila saya memandang ke atas, rupa-rupanya seekor ular berwarna hijau.

"Saya ialah naga." Saya menjawab walaupun kurang jelas.

"Kamu naga? Anehnya, ini kali pertama saya mendengar naga itu makan tikus! Bukankah naga menyerap aliran dari bumi dan langit, memakan hasil dari bulan dan matahari saja? Kamu ni buat apa makan si tikus? Kasihannya saya lihat kamu, hahaha, mencuit hati kamu

问道。

"我没翅膀。"我恹恹地表示。

"蒲公英也没翅膀,但它就会飞。小东西会不会飞,决定因素并不是翅膀。"猫头鹰一说完,抛下一句"咦,有人来了,快逃",然后拍拍翅膀飞走了。

"喂……那……"我并没有机会多问,因为下一刻我感觉自己被一股强大的力量捏住了头,"啊哈,抓住你了,小东西!"

我被一个女孩抓住了。

"爸,过来看看!是一条蛇宝宝,长得好可爱!"女孩把男人喊了过来,"但……这是什么蛇?"

"放开我!"我在女孩手里苦苦挣扎,一边呐喊,但我发觉这于事无补,因为我越挣扎,她的手捏得越紧。我很快用光身上仅剩的力气,女孩这才渐渐放松指压,但我已经累得动不了了。

男人低头研究女孩手中的

ni!"Si ular hijau berkata.

Sindiran si ular hijau membuat saya rasa malu.Maka saya membuat pembetulan dengan apa yang saya katakan tadi, "kamu salah dengar ni, saya berkata, nama saya ialah naga." Selepas memberi penjelasan, terus saya tinggalkan tempat itu.

Entah apa sebabnya saya tinggalkan tempat itu.

Mungkin saya rasa saya yang berbuat salah, mungkin disebabkan saya takut, mungkin juga disebabkan saya malu.

Dua hari sudah berlalu. Lapar betul saya.

Seekor katak di depan mata, melompat ke sana sini. Saya memandangnya, tetapi tidak merancang memakannya.

Naga mana boleh makan katak!

"Si kecil, kamu tidak mahu makan, maka biarlah saya makan!" Seekor burung hantu mematuk katak yang akhirnya menjadi sumber makanannya.

Menyaksikan burung hantu makan katak dengan sekelip mata, tiba-tiba teringat pesanan ibu, di mana saya juga mungkin menjadi

我,"我也是第一次见到这种蛇,看来是稀有品种。"

"咦,它有话说呢!"小女孩惊喜地看着我。男人笑着摇头走开,喃喃自语:"这女儿又在说胡话了,蛇怎么会说话呢?"

(三)

就这样,我跟着这个叫"尼亚"的女孩回家。

她的爸爸是个靠山生活的土著,她自小耳濡目染,学得一手抓蛇的本领。

但让我吃惊的,不是她会抓蛇,而是她听得懂我说话;而且,竟然还相信我说的话,"你是人类,怎么还听得懂我说的话?"

"你是蛇,怎么也听得懂我说的话?"她反问我。

这可问倒我了。

我慢吞吞地表示:"动物本来就听得懂人类的啊!还有,尼亚,

makanan burung hantu.Saya ingin meninggalkan tempat ini secepat mungkin, tetapi saya tidak mampu bertindak sedemikian, disebabkan terlalu lama tidak makan,tidak ada sebarang tenaga, pergerakan saya lambat dan lemah seperti cacing.

"Si kecil, kamu sepatutnya lebih ganas lagi." Si burung hantu itu memberi cadangan kepada saya."Dahlah lapar sebegini, jangan memilih makanan lagi, selepas makan dengan kenyang baru buat rancangan lain."

"Apa yang patut naga makan?"tiba-tiba saya melontarkan ayat ini kepada burung hantu.

"Naga ni apa-apa saja makan juga, kan?"

Burung hantu tertawa kemudian berkata, "benarkah naga wujud dalam dunia ini? Saya tidak tahu, kerana saya tidak pernah nampak."

"Ada naga." Saya menjawab dengan lemah-lembut.

"Pernah kamu nampak?"

"Sayalah naga." Saya menjawab dengan teliti, tetapi selepas melontarkan ayat ini, saya berasa cukup menyesal kerana kehabisan tenaga untuk melarikan diri.

"Adakah kamu mengerti terbang?"Burung

我是龙。"

虽然我清楚自己事实上根本是一条蛇,但每当有人提及,我却控制不了自己去强调"我是龙"。

"是的,你是龙。"尼亚点点头。

"你……你真的……相信我是龙?"

"其实,我相信或不相信,对你是没有任何影响的,你还是你。"尼亚给我投了一只小青蛙,"吃吧,小东西,你饿坏了!"

"你说的话好深奥,不过,我喜欢。"听到尼亚这么说,我满意极了,这才津津有味地吃下小青蛙。

就这样,我和她成了朋友。

尼亚说,我和她之所以可以沟通,是因为我们都肯听从自己的心声,用的是"心电感应"。

尼亚是个特别的女孩,我喜欢和她待在一起。她把我装进书包侧边的口袋里,让我藏好,带着我去学校。

hantu tanya selepas berasa terkejut.

"Saya tidak bersayap." Saya menjawab lagi.

"Dandelion juga tidak bersayap, tapi tiada halangan untuknya terbang ke sana sini. Si kecil, boleh terbang atau tidak, sayap bukan ukurannya." Selepas burung hantu bercakap, terus dia melontarkan satu ayat lagi, "yi, ada orang datang, cepat pergi!" Burung hantu mengepakkan sayapnya dan pergi jauh dari sini.

"Wei, itu…"Belum sempat saya melanjutkan pertanyaan, kerana saya berasa kepala saya dicubit dengan kuat. "Ah ha, akhirnya saya dapat tangkap kamu! Si kecil!"

Saya ditangkap oleh seorang budak perempuan.

"Ayah, sila datang dan lihat ni! Seekor anak ular, comelnya!" Budak perempuan meminta ayahnya datang.

"Tapi,ini…ular apa ni?"

"Lepaskan saya!" Saya berusaha membebaskan diri dari tangkapan budak perempuan itu, sambil saya menjerit sambil saya bergerak kuat, tetapi tidak memberi apa-apa kesan.Semakin kuat saya bergerak, semakin

但很不幸，有一天我终于被一位女同学发现了，她跑到老师面前举报，尼亚因此受到了老师重重的处罚。

后来，她想到一个办法安置我。

"小东西，以后你就在这里等我。"她把我放到学校外的一处草丛里，让我在那里等她放学。

这样又安然过了几天。

每天，我也会乘机捕抓小动物填饱肚子……直到有一天，我又被发现了。

那天放学，尼亚从学校飞奔出来，几乎是冲到草丛前唤我，却被一个女同学发现她行迹可疑。

"尼亚，你在做什么？"

"我在找东西。"尼亚回答道，就在这时我从草丛爬了出来。

"蛇！蛇！"女同学的脸色大变，尼亚让我立即藏进她校裙的口袋里，我一时贪玩，把头伸出口袋，对着神色大变的女同学吐芯。

ketat saya dicubit.Hilang kesemua tenaga dalam masa yang singkat, budak perempuan itu baru melonggarkan jemarinya, tetapi buat masa ini, saya tidak larat membuat sebarang tindakan lagi.

Ayahnya meneliti saya dengan teliti, berkata kepada budak perempuan, "ini juga kali pertama saya melihat ular berbentuk macam ni, rasanya spesies yang hampir pupus."

"Yi, macam dia mahu cakap sesuatu!" Budak perempuan terkejut dan memandang ke arah saya dengan begitu riang. Ayahnya pergi ke tempat lain sambil tertawa, dia menggelengkan kepala dan berbisik sendiri, "budak ni mengarut lagi, macam mana ular boleh bercakap?"

3.

Akhirnya, saya dibawa balik oleh budak perempuan yang bernama 'Nia' ini.

Bapa Nia ialah orang asli yang bergantung pada gunung untuk meneruskan kehidupan mereka. Sejak dari kecil lagi dia sudah belajar cara menangkap ular.

Yang mengejutkan saya ialah, dia bukan sahaja berkebolehan menangkap ular tetapi

女同学的喊叫声把另一群同学引来了,"佳佳,什么事?"

"尼亚又把蛇带来学校了!走,我们去告诉老师!"

"小东西,藏好。"尼亚低声吩咐,然后转头对女同学说道,"佳佳,这是学校外面,我没把它带进学校。"

"尼亚,你怎么不听老师的话?万一蛇咬伤了人怎么办?"另一个人问道。

"它不会咬人的。"尼亚急急辩解,"它很善良可爱。"

"蛇很善良可爱?"有人失笑。

"怪物才觉得蛇善良!"佳佳一脸嫌恶。

"快把那条蛇打死,还说什么废话!"另一个男同学不知从哪里找来了一根大木棍。

"不!"尼亚用双手护着口袋,"你们不能这么做!"

可是他们人多势众,只见有

mampu juga mendengar apa yang saya cakap. Yang paling mengharukan ialah dia percaya apa yang saya beritahu, "kamu ni manusia, macam mana boleh faham bahasa saya?"

"Kamu ni ular, macam mana boleh faham bahasa saya juga?" Dia tanya balik.

Saya tidak dapat memberi apa-apa jawapan.

Saya menjawab dengan perlahan-lahan, "memang betul pun haiwan boleh faham apa yang dikatakan oleh manusia! Dan, Nia, saya ialah naga."

Walaupun saya faham hakikatnya saya seekor ular, tetapi setiap kali orang menyentuh topik ini, saya tidak dapat mengawal diri dan terpaksa saya menekankan bahawa 'saya naga.'

"Benar, kamu ni naga." Nia setuju.

"Kamu…kamu ni benar-benar percaya saya seekor naga?"

"Sebenarnya, sama ada saya percaya atau tidak itu tidak memberi kesan kepada kamu, kamu masih kamu." Nia memberi saya seekor katak, "si kecil, makan, kamu mesti sangat lapar dah!"

"Apa yang kamu kata itu sangat sukar untuk

些人拾起了地上的石块,朝尼亚和我围攻上来,我一急,从尼亚的口袋内蹿出,缠绕在她的手腕上,朝众人龇牙吐芯,想借此把他们吓退。

"啊!!!"果然,一些人吓得往后退。

尼亚见机不可失,带着我拔腿就跑。

"尼亚,你这个笨蛋!"有人把石块丢向尼亚,石块砸中她的后背。

尼亚带着我跑到一个小山坡上。

我从她的手腕蛇行落地,愧疚地表示,"尼亚,我好像连累你了。"

"有吗?"尼亚露出一个甜美的笑容,"幸好你没事,石块没砸到你吧?"

"没。"我叹一口气,"可是,那些同学因为我而讨厌你,怎么办?"

"他们不喜欢我,我一点都不介意。"尼亚满不在乎地表示,"因

difahami, tapi saya suka." Apabila mendengar Nia berkata begitu, saya sangat berpuas hati dengan jawapannya, barulah saya mula makan katak dengan lahapnya.

Akhirnya, kami berdua menjadi kawan.

Nia berkata, saya boleh berkomunikasi dengannya kerana kami berdua mendengar suara dari hati kami.Kami menggunakan 'gelombang hati' untuk berkomunikasi,atau lebih dikenali sebagai 'telepati'.

Nia adalah seorang budak yang cukup unik, saya suka bersama dengannya. Dia selalu menyimpan saya dalam poket begnya dengan baik lalu dibawa bersama ke sekolah.

Tetapi malangnya, pada suatu hari, kawan perempuannya mengesan kehadiran saya, dan melaporkan kehadiran saya kepada cikgu mereka. Nia didenda berat oleh cikgunya.

Akhirnya, dia mendapat satu idea untuk menempatkan saya.

"Si kecil, sila kamu tunggu saya di sini buat masa yang akan datang." Dia menempatkan saya di satu padang luar kawasan sekolah. Biar saya menunggu kedatangannya selepas habis kelas.

为我活着,并不是为了取悦他们。"

这句话真有意思。

我呆呆地看着尼亚,她呢,正对着蓝色的天空发呆。

"尼亚,你在想什么呢?"

"今天的天空真美啊。"尼亚大口地吸气,干脆在草地上躺了下来,阳光透过树叶之间的空隙打在尼亚的脸上,她像会发光似的。

"尼亚,同学这样对你,你不生气吗?"

"爸爸说,不要因一点小事遮住视线,我们还有更大的世界。"

(四)

我怎么也想不通。

为什么自己会和哥哥姐姐长得不一样。我是一条玉斑锦蛇吗?看来不像!

那,我是谁?

"你就是你自己。"尼亚告诉

Kehidupan seperti ini berlanjutan untuk beberapa hari, semua berjalan dengan lancar.

Setiap hari pada masa begini, saya menangkap haiwan kecil untuk mengisi perut … sehingga pada satu hari, saya dikesan sekali lagi.

Hari itu selepas sekolah, Nia keluar dari sekolah dengan kelajuan yang pantas, hampir lari pecut meluru ke arah saya, tetapi malangnya dikesan oleh kawan perempuan yang meragui tindakannya.

"Nia, kamu buat apa kat sini?"

"Saya sedang cari barang saya." Nia menjawab, dan pada masa ini, saya sudah menjalar keluar dari padang.

"Ular! Ular!" Kawan perempuan Nia tiba-tiba berubah air muka. Nia dengan segera mengarahkan saya supaya berselindung ke dalam poketnya. Tiba-tiba saya menjengah keluar poket kerana rasa senorok dan ingin bergurau dengan Nia, menjulur lidah kepada kawan perempuannya itu.

Jeritan kawan perempuannya mengundang menarik perhatian kawan-kawan yang lain.

"Apa terjadi, Jia Jia?"

我,"小东西,接受自己的不一样,追随内心的直觉,勇敢做自己!"

"勇敢做自己?"我想起内心总是响起的那个"我是龙"的声音。

"是啊!这是奶奶教我的。做自己,听从内心的声音;也许是这样,我才发现自己拥有跟动物沟通的天赋。"

"可我的心一直不停地提醒我:我是龙,我是龙。但,我明明是一条蛇啊!"我泄气地表示。

矛盾充满了我的内心。其实,要承认自己是一条蛇,我有一万个的不愿意,但这却又是血淋淋的事实。

"小东西,最重要的是,你怎么看待自己?"尼亚凝视着我,"现在,静下心,听听你的心还说了什么?"

"我要爬上树,爬到顶端。"

"不!"我用力甩头,望着眼前的参天大树,不相信自己可以攀爬上去。万一,从这么高的地方

"Nia ni bawa ular datang ke sekolah lagi! Jom, kita pergi lapor kepada cikgu!"

"Si kecil, sila sembunyi dengan baik." Nia pesan dengan lembut, kemudian berkata kepada Jia Jia, "Jia Jia, sini ialah kawasan luar sekolah, saya tidak bawa dia masuk ke dalam kawasan sekolah."

"Nia, mengapa kamu tidak patuh pada arahan cikgu? Jikalau dipatuk oleh ular, siapa yang patut bertanggungjawab ni?" Soalan dilontarkan oleh orang lain.

"Dia tidak patuk orang." Nia memberi penjelasan, "dia ni comel dan baik hati."

"Ular ni comel dan baik hati?" Ada orang tertawa.

"Hanya makhluk asing saja yang rasa ular comel dan baik hati." Jia Jia berkata dengan penuh kejijikan.

"Cepat pukul sampai mati ular itu, tak perlu banyak cakap dengan Nia!" Entah dari mana seorang budak lelaki membawa datang sebatang kayu besar.

"Tidak!" Nia menutup poketnya, "kamu orang tidak berhak berbuat demikian!"

你好，我是龙
Helo, Saya Naga

摔下来，我一定一命呜呼！

尼亚仿佛看穿了我内心所想，"小东西，面对害怕的事，只有一种解决方法。"

"不。"我躲进了她的口袋里，那里又安全又暖和，让我感到自在。

"小东西，逃避不是一个好办法。你不是一直说自己是龙吗？区区一棵树，会是龙的阻碍吗？"尼亚把我从口袋里轻轻地抓出来。

"好吧。"我无奈地攀上树枝，我受不了激将法。

尼亚眉开眼笑地喊道："去做你害怕的事，害怕就自然会消失。"

害怕，真的会消失吗？

我徐徐攀上了树梢，再往下看，尼亚变成了一个小黑点。

清风迎面吹送，我只感觉头晕目眩，树枝一阵摇晃。

我好想放弃！但，内心那个声音又来了——吸一口气，翘起尾巴，往远处的那棵矮树降落。

Orang ramai mengelilingi Nia, ada antara mereka mengutip batu dari tanah lalu menyerang saya dan Nia. Saya terkeluar dari poket Nia, dan melingkar di pergelangan tangan Nia, menjulurkan lidah kepada orang ramai, berharap tindakan ini dapat menakutkan mereka.

"Ahhh!" Mereka takut dan berundur ke belakang.

Nia mengambil kesempatan ini untuk terus lari.

"Nia, kamu seorang yang bodoh!" antara mereka ada yang melontarkan batu ke arah Nia dan terkena belakangnya. Nia membawa saya lari sehingga ke satu lereng bukit.

Saya turun dari tangannya, meminta maaf dengan rasa yang bersalah, "Nia, saya yang menyusahkan kamu."

"Mana ada？"Nia menayangkan satu senyuman manis. "Nasib baik kamu tidak apa-apa, adakah batu yang dilontarkan kepada kamu mencederakan kamu？"

"Tidak." Saya menjawab dan bertanya, "tetapi kawan-kawan kamu semua bencikan kamu kerana saya？Apa yang perlu saya buat？"

不！这么高！

我全身一阵颤抖。

"你是龙！拿出勇气，你会飞！"

此刻，一阵风吹来，我闭起眼睛，吸一口气，带着豁出去的心态朝天空喊："是的！我是龙！我会飞！"

就在喊话过后，我感觉全身瞬间充满了力量，于是翘起尾巴，毅然往那棵树的方向用力一跃。

奇妙的事发生了！

我发现自己在空中滑行！

咦？尾巴还可以摆动，掌控方向，这感觉好像飞翔！

"小东西！"尼亚在地上一边跟着我滑行的方向奔跑，一边喊："你会飞，你真的会飞！"

我还来不及反应，就再次听见心底响起声音。

"恭喜你，蛇中之龙——天堂金花蛇，你已经通过试练！"

"Mereka suka atau tidak suka, saya tidak kisah."Nia menunjukkan perasaan tidak kisahnya, "kerana saya hidup bukan untuk menghiburkan mereka."

Ayat ini cukup bermakna.

Saya merenung Nia, dia pula mendongak langit.

"Nia, apa yang kamu sedang fikir ni?"

"Langit hari ni cukup cantik."Nia menarik nafas yang mendalam, lantas duduk di atas ladang, cahaya matahari menembusi daun lalu memancar ke muka Nia, mukanya nampak seperti bersinar.

"Nia, kawan kamu melayan kamu begitu, adakah kamu rasa marah terhadap mereka?"

"Bapa saya kata, jangan simpan dendam disebabkan perkara yang kacang putih, kita memiliki dunia yang lebih lapang."

4.

Saya juga tidak faham.

Mengapa saya kelihatan berbeza dengan adik-beradik saya yang lain. Betulkah saya seekor ular jali mandarin? Nampaknya tidak!

这一刻，我终于知道自己是谁！

原来，这就是龙的试练！

等我不偏不倚地降落在那棵树的树枝上，尼亚笑盈盈地朝我伸出了手臂，让我攀上去。

我对尼亚展开第一次自信的自我介绍，"你好，我是龙。"

"很高兴认识你，龙！"尼亚露出洁白如贝的牙齿。

此时，山林里回荡起一阵欢快的笑声。

Maka, siapakah saya?

"Kamu adalah diri kamu sendiri." Nia memberitahu saya, "terimalah kejadian kamu, ikut gerak hati kamu, jadilah diri kamu sendiri!"

"Berani mencari diri sendiri?" hati saya bersuara,"saya ialah naga".

"Ya, nenek yang ajar saya. Jadilah diri kamu sendiri, dengarkan suara hati kamu, dengan cara ini, baru saya perasan rupa-rupanya saya berkebolehan berkomunikasi dengan haiwan."

"Bisikan dari hati saya memberitahu, saya naga, saya naga, tapi pada hakikatnya saya seekor ular!" Saya kecewa.

Perasaan kontradiksi memenuhi hati saya. Walaupun saya tidak mahu mengakui saya seekor ular, tetapi itulah hakikat yang tidak dapat dinafikan.

"Si kecil, yang paling penting ialah, cara kamu melihat diri kamu sendiri." Nia merenung saya," sila kamu tenangkan hati kamu, dengarlah apa yang dikatakan oleh hatimu."

Saya ingin panjat ke atas pokok, panjat ke bahagian paling atas.

"Tidak!" Saya menggeleng. Melihat pokok

你好，我是龙
Helo, Saya Naga

yang tinggi mencuar ke langit yang berada di depan mata, saya tidak yakin mampu memanjat pokok itu. Jika jatuh dari tempat yang tinggi ini, mesti saya akan mati!

Nia seperti memahami apa yang sedang bermain dalam pemikiran saya."Si kecil, bila berdepan dengan ketakutan, hanya satu cara untuk mengatasi ketakutan itu."

"Tidak." Saya sembunyi ke dalam poketnya, poket itu begitu gelap tetapi begitu memanaskan hati, saya selesa berada dalam poket.

"Si kecil, lari daripada masalah itu bukan cara penyelesaian yang baik. Bukankah kamu yang selalu menekankan bahawa kamu seekor naga? Hanya sepohon pokok, tidak menjadi halangan bagi seekor naga, setuju?"Nia mengeluarkan saya dari poketnya.

"Baiklah." Saya terpaksa memanjat ke atas pokok, saya tidak tahan mendengar kata-kata Nia yang mencabar.

Nia senyum sambil menjerit kepada saya,"lakukan apa yang kamu takuti, maka ketakutan itu akan hilang."

Betulkah ketakutan itu akan hilang?

Saya memanjat ke atas pokok dengan perlahan-lahan, bila saya meninjau ke bawah, Nia sudah menjadi satu titik hitam yang kecil.

Angin bertiup dengan lembut, saya pening, dahan pokok meliuk kiri dan kanan.

Saya hampir putus asa! Tetapi, suara dari hati saya itu muncul lagi. *Menarik nafas, meninggikan ekor, menerbangkan diri ke pokok yang rendah dan jauh itu.*

Tidak! Ia begitu tinggi!

Seluruh badan saya menggeletar.

Kamu ialah naga! Keluarkan keberanian kamu! Kamu boleh terbang!

Angin bertiup pada masa ini, saya pejam mata, menarik nafas sekali lagi sebelum mendongak langit lalu meluahkan hati,"ya, saya naga! Saya boleh terbang!"

Setelah menjerit, tiba-tiba tubuh saya dipenuhi dengan tenaga, ekor berdiri, saya menerbangkan diri nun mendekati pokok yang jauh dari kedudukan asal.

Perkara yang sukar dipercayai telah berlaku!

Saya perasan yang saya sedang berterbangan di dada langit.

Yi! Ekor saya boleh bergerak, mengawal arah lagi, perasaan ini seperti sedang berterbangan di dada langit!

"Si kecil!" Di bawah, Nia berlari mengikut gerak terbang saya. Sambil berlari sambil dia menjerit, "kamu boleh terbang, betul kamu sedang terbang!"

Belum sempat saya membalas, suara hati berkata-kata sekali lagi.

Tahniah! Kamu ialah naga di antara ular, ular sawa burung, dan kamu telah melepasi ujian!

Pada saat ini, akhirnya saya tahu siapa saya!

Rupa-rupanya saya inilah ujian sebagai seekor ular!

Akhirnya saya hinggap di atas dahan sepohon pokok tepat pada lokasinya. Nia melunjurkan tangannya seraya melemparkan senyuman manis. Nia, biar saya hinggap di atas tangannya.

Saya memulakan pengenalan diri dengan yakin sekali buat pertama kali, "helo, saya naga."

"Saya berasa sangat gembira dapat berkenalan dengan kamu, naga!" Nia senyum sehingga menayangkan gigi putihnya.

Suara ketawa yang penuh dengan keriangan bergema dalam hutan.

中秋·灯笼·鱼

Hari Perayaan Pertengahan Musim Luruh, Tanglung dan Ikan

廖冰凌

Liau Ping Leng

（一）

中秋节快到了，这是阿仙一年当中最期待的节日。每逢这段时间，阿仙的妈妈就会添售许多只有中秋节才会上市的糕饼。有圆鼓鼓像小泥球似的满珠果，有画着嫦娥姐姐和小白兔追着月亮的月光饼，还有一个个装在塑料网笼里的小猪饼，以及做成其他各式各样的月光饼,可爱极了！

这天，阿仙放学回家，在门前

1.

Sudah tiba hari perayaan pertengahanan musim luruh, hari ini ialah hari yang paling dinanti-nantikan oleh Ah Xian pada setiap tahun. Setiap tahun pada tempoh masa ini, Ibu Ah Xian akan menjual pelbagai jenis kuih-muih yang hanya boleh ditemui pada perayaan ini sahaja. Contohnya, buah Manzhu yang berbentuk bulat seperti bola yang telah diselaputi tanah, biskut yang berbentuk bulan yang berukir gambar dewi Chang E dan arnab yang sedang mengejar bulan. Ada juga biskut berbentuk babi yang diletakkan

看到妈妈的三轮车上摆满了中秋月饼,兴奋得大叫起来,马上凑前看个仔细。呀!这中秋饼的模样儿可真多!有蝴蝶、兔子、手枪、大肚佛,还有阿仙最喜爱的小鱼儿!

"咦?妈,这是什么?"

妈妈答道:"那是麒麟,是中国古代的吉祥动物呀!"

"Qi Lin?"阿仙喃喃重复念着,只觉得这叫作"Qi Lin"的跟课本上的狮子长得很像。管它呢,阿仙最喜欢的还是小鱼儿!盯着那一排排的小鱼儿,黑豆嵌的鱼眼珠子似乎也在打量阿仙哩!阿仙好想马上就能把一尾小鱼儿捧在手心,嗅着看着摸着,然后用极慢的速度一小口一小口地沿鱼鳍咬下去,最后才吃那扇子似的尾巴。但阿仙知道妈妈绝不会让她得逞的。妈妈说过,这些饼都是"过码"来卖的,每个只赚五分钱,要卖出好几个一样价钱的饼才能

dalam kurungan jala plastik, serta kuih bulan yang beraneka bentuk, comel belaka!

Hari ini, selepas tamat sekolah, Ah Xian pulang ke rumah. Di depan rumah, kelihatan beca ibu dimuatkan dengan perlbagai jenis kuih bulan. Ah Xian sangat gembira sehingga menjerit-jerit lalu meluru ke hadapan dan mengamati kesemua kuih bulan yang dipamerkan. Wow! Banyak reka bentuk kuih bulan ini! Ada yang berbentuk rama-rama, ada yang berbentuk arnab, ada yang berbentuk pistol, ada yang berbentuk dewa berperut besar, ada juga yang berbentuk ikan, reka bentuk yang paling disukai Ah Xian.

"Eh, ibu, ini apa?"

Ibu menjawab, "itu Qilin, Qilin ialah sejenis haiwan yang merupakan simbol bertuah pada zaman purba di China!"

"Qilin?" Ah Xian mengulanginya. Dia berasa Qilin ini agak serupa dengan singa yang digambarkan dalam buku teks. Biarlah, Ah Xian paling suka si ikan! Cuba meninjau barisan si ikan, matanya diperbuat daripada kacang hitam, seolah-olah mata itu sedang merenung Ah Xian! Ah Xian teringin memegang satu

中秋·灯笼·鱼
Hari Perayaan Pertengahan Musim Luruh, Tanglung dan Ikan

换到一个饼呢，而且中秋饼容易压坏，稍微裂了或是扁了都会卖不出去的，所以阿仙往往只能等到一些断了的鱼尾、枪杆、半个蝴蝶，或大肚佛笑眯眯的头脸罢了。

"阿仙，快把校服换掉，吃过午饭跟我去卖饼。"妈妈边整理货物边吩咐道。

"好喔好喔！等等我等等我！"一听见可以随妈妈的三轮车到街上去逛，阿仙暂时把想吃小鱼儿的事抛诸脑后，一蹦一跳地跑进屋里换衣服去了。

（二）

午后的烈日照得人睁不开眼睛，妈妈吃力地推着三轮车，挨家挨户挥汗叫卖："猪笼饼——月光饼——满珠果——"阿仙跟在车后，也学妈妈那样叫卖。

午睡中的街坊闻声醒来，抱着、牵着小孩子向三轮车招手。

kuih bulan yang berbentuk ikan, dia menghidu biskut ikan, melihat dan memegang biskut ikan, dan memakan biskut ikan secara perlahan-lahan, secubit demi secubit. Dia makan sirip ikan terlebih dahulu, akhirnya baru ekor yang serupa kipas. Tetapi Ah Xian tahu ibunya tidak akan membiarkannya berbuat demikian. Ibu pernah berkata, kesemua biskut ini dibelinya secara borong untuk dijual semula, setiap biskut hanya mendapat keuntungan 5 sen sahaja. Perlu menjual beberapa ketul biskut yang sama baru dapat membeli satu biskut yang sama, dan biskut perayaan ini rapuh dan senang pecah, jika pecah akibat tertekan atau menjadi rata, maka tidak dapat dijual. Oleh itu, Ah Xian hanya berpeluang memakan biskut ikan sama ada patah ekor, atau pistol yang patah pemegangnya, atau separuh biskut rama-rama atau biskut dewa berperut besar yang hanya tinggal bentuk muka senyum sahaja.

"Ah Xian, cepat tukar baju sekolah kau, selepas makan tengah hari ikut saya pergi jual biskut." Ibu berpesan seraya mengemas barang.

"Baiklah! Sila tunggu saya, tunggu kejap

看了车上的货物后，孩子们叽叽喳喳地吵着，一会儿要小猪，一会儿要小鱼儿，一会儿要手枪。妈妈殷勤地介绍糕饼，阿仙则忙着替顾客包裹。一个下午过去了，生意还算不错，尤其是看到小朋友也和自己一样喜爱小鱼儿，阿仙心里高兴不已。

回家途中，阿仙站在三轮车的甲板上，张开双手，大声叫道："妈妈你看，我在飞呢……"

夕阳下，红通通的两张脸正迎风而笑。

晚饭过后，阿仙想起早上刘老师说过校园里将举办中秋晚会，还说要同学们回家自制灯笼，便缠着爸爸要制作灯笼。爸爸为难地说："什么材料都没有，怎么做呢？等明天买齐了要用的东西再做，好不好？"

没办法，阿仙只好一边写功课，一边嘟着嘴说："我要颜色

ya!" Jika mendengar berpeluang mengikut beca ibu pergi bersiar-siar di kota raya, Ah Xian melupakan hal berkaitan denga biskut ikan, dia melompat-lompat dengan gembira ke bilik untuk bertukar baju.

2.

Matahari panas terik walaupun sudah melepasi waktu tengah hari, memaksa orang untuk tidak mencelikkan mata. Ibu mengayuh beca sekuat yang mampu, dari rumah ke rumah menjual biskutnya, "jual biskut Zhu Long, jual biskut Cahya Bulan, jual buah Manzhu." Ah Xian yang duduk di belakang sama mempromosikan kuih-muih dan biskut-biskutnya dengan laungan yang sama.

Para jiran yang sedang tidur pada waktu tengah hari keluar dari rumah, ada yang masih memeluk anak mereka, ada yang melambai tangan, isyarat mari datang ke rumah. Selepas melihat kuih-muih yang dipamerkan, budak-budak mula membuat bising, sekejap mahu beli si babi, sekejap mahu beli si ikan, sekejap mahu beli pistol. Ibu memberi penerangan dengan

多多的灯笼……要有垂下来的'须须'……要有动物图案在上面……总之要做一个最美丽的灯笼……"。

"好好好！你快做功课吧！蚊子真多呀！"妈妈一边答应着阿仙，一边挥动着手中的蒲叶扇，阵阵暖风在阿仙身上拂过，温柔得像灯笼里的烛光。

（三）

第二天下课休息时，同学们纷纷讨论自己的灯笼设计，阿仙非常感兴趣，听得津津有味。文添说他准备做个北极熊模样的灯笼，大家都觉得很特别，因为没人见过这款式的灯笼。琳丽说她和姐姐合作制作一个会转圈圈的走马灯，听起来挺复杂的，真厉害。士明说他要做一个飞机灯笼，还是电动的，说比大家的灯笼要"高科技"多了，同学们听得入神，叹

bersungguh-sungguh, Ah Xian sibuk membantu untuk membungkus kuih-muih dan biskut. Akhirnya petang berlalu begitu sahaja, jualan ibu masih dikira baik, semasa melihat budak-budak suka biskut ikan sepertinya, Ah Xian berasa sangat gembira.

Semasa dalam perjalanan balik ke rumah, Ah Xian berdiri di atas papan beca, mendepang tangannya seraya menjerit sepuas-puasnya. "Ibu, kamu tengok ni, saya sedang terbang…!"

Matahari terbenam, dua wajah yang kemerah-merahan di bawah sinaran matahari, diterpa puput bayu sambil tersenyum lebar.

Usai makan malam, Ah Xian teringat peristiwa sebelah pagi. Cikgu Lau pernah memberitahu akan mengadakan perayaan di sekolah, dan semua pelajar perlu menyediakan tanglung sendiri. Ah Xian meminta bantuan ayah untuk membuatkannya satu tanglung. Ayah berasa susah kerana tidak ada sebarang alat yang diperlukan. "Apa-apa pun tidak ada, macam mana nak buat tanglung ni? Biarlah esok saya belikan semua alat dan barang yang diperlukan untuk buat tanglung, boleh?"

中秋・灯笼・鱼
Hari Perayaan Pertengahan Musim Luruh, Tanglung dan Ikan

羡不已。就这样，大家一天下来都心不在焉，只想赶快放学回家制作灯笼。阿仙更是期盼爸爸早点儿到家，和她一起到文具店购买材料。

好不容易等到爸爸下班回来，阿仙急忙催促爸爸陪她去买材料，爸爸却笑嘻嘻地拿出一袋东西来。阿仙一看，正是些红红绿绿的玻璃纸、一小捆铁线和竹条。"我们吃过晚饭后就开始做灯笼吧！"阿仙听了高兴得直跳。

在爸爸的帮助之下，灯笼总算完成了，虽然看起来不过是个普通的圆形灯笼，但阿仙却越看越喜欢。阿仙小心翼翼地把玻璃纸粘上，发现涂过浆糊的地方皱皱的，很难看。爸爸安慰她说："别担心，明天让太阳晒一晒就会变得平滑了。"阿仙兴奋地说："真的吗？等它干了以后，我还要在上面画画写字呢！"转过头去，阿仙又

Tidak dapat berbuat apa-apa, sambil menyiapkan kerja rumah, sambil Ah Xian berbisik sendiri, "saya mahu tanglung yang berwarna-warni... saya mahu tanglung yang dihiasi dengan riben panjang... saya mahu tanglung yang imej haiwan, kesimpulannya, saya mahu tanglung yang cantik, satu saja saya mahu..."

"Baiklah! Siapkan kerja rumah anda cepat! Nyamuk ni terlalu banyak!" Ibu bersetuju dengan Ah Xian, sambil menggerak-gerakkan kipas daun palem yang berada dalam genggamannya. Angin yang menyegarkan berulang-ulang membelai-belai badan Ah Xian, selemah selembut lilin yang ada dalam tanglung.

3.

Keesokan hari semasa rehat, semua murid sekolah mulai membincangkan tanglung rekaan sendiri. Ah Xian sangat berminat, dia mendengar perbincangan rakan-rakannya dengan penuh khusyuk. Wen Tian berkata dia bersedia membuat satu tanglung yang berbentuk beruang kutub, semua orang merasa

对妈妈说:"妈妈,你别扇蚊子了,快扇这灯笼呀,让它快点干嘛!"

妈妈笑着挥动扇子道:"等你睡着了再扇它吧!"丝丝凉风扑来,这一夜,阿仙梦见美丽的嫦娥姐姐和可爱的小白兔在玻璃纸上跳舞……

(四)

"你们看,士明的飞机灯笼真漂亮!一闪一闪地发光呢!"

"哗!真的很好看呀!"

"好特别的灯泡!士明你是怎么办到的?真厉害!"

同学们七嘴八舌地围着士明讨论,"喂喂!你们眼看手别动喔!弄坏了你们可赔不起呢!"士明骄傲又紧张地用手护着自己的灯笼。

阿仙也凑上前去看个明白,发现飞机肚子里有粒小灯泡,连接一根挂在外头的电线,只要在电线

itu satu idea yang sangat unik, kerana belum pernah melihat tanglung serupa itu. Lin Li berkata dia akan membuat tanglung bersama kakaknya, tanglung itu terdiri daripada lampu-lampu yang boleh bergerak, macam sangat kompleks, hebatnya. Shi Ming berkata, dia mahu membuat satu tanglung berbentuk kapal terbang, tanglung yang beroperasi secara elektronik. Menurutnya, tanglungnya berteknologi tinggi berbanding dengan tanglung orang lain. Semua murid mendengar penerangan daripada rakan-rakan yang lain dengan penuh minat. Sepanjang hari mereka semua tidak dapat fokus pada pembelajaran, hanya menunggu saat balik ke rumah membuat tanglung. Ah Xian mengharapkan ayahnya pulang ke rumah lebih awal supaya boleh mengajaknya pergi ke kedai buku membeli bahan yang diperlukan untuk membuat tanglung.

Balik jua ayah, Ah Xian meminta ayahnya cepat pergi beli bahan yang diperlukan. Siapa tahu, ayahnya hanya tersenyum lebar sambil mengeluarkan satu beg plastik. Beg itu mengandungi kertas berwarna-warni, ada merah, ada hijau, segulung lidi dan dawai. "Selepas

中秋·灯笼·鱼
Hari Perayaan Pertengahan Musim Luruh, Tanglung dan Ikan

末端的控制处轻轻一按,灯泡就会亮起来。果然是个不用点蜡烛就会发亮的飞机灯笼呀!阿仙心里羡慕极了,想起自己的灯笼还吊在屋檐下晒太阳,不知道变成什么样子,阿仙不禁发起愁来。

这天一放学回家,阿仙赶紧央求妈妈把纸灯笼取下来检查,果然如爸爸所言,皱皱的地方都绷得紧紧的,又光又滑,好看极了!阿仙开心地准备在上面画画写字,她想要把妈妈三轮车上所有的中秋饼都画在灯笼上,"妈妈,我要画神仙、小白兔、小猪、蝴蝶、莲花……还有很多很多小鱼儿!"

妈妈笑了笑说:"傻瓜,这灯笼不大,恐怕画不了那么多东西哟!"

妈妈说的对,这下阿仙烦恼极了,中秋饼那么可爱,每一个模样都是阿仙所喜爱的,怎么办呢?犹豫了许久,阿仙最后决定在玻璃纸上绘一条小鱼儿,那是她觉

makan malam, jom kita usahakan tanglung!" Ah Xian berasa sangat gembira selepas mendengar ayah kata.

Tanglung berjaya disiapkan jua dengan bantuan ayah. Walaupun nampak macam tanglung biasa berbentuk bulat je, tetapi Ah Xian semakin suka melihat tanglungnya. Ah Xian menampalkan kertas berwarna-warni yang telus pada rangka tanglung, dan mendapati bahagian yang dilekatkan dengan gam berkedut, tidak cantik. Ayah cuba melegakan hati dia dan berkata, "jangan bimbang, esok biar sidai di bawa matahari, permukaannya akan jadi licin selepas kering". Ah Xian berasa sangat gembira lalu berkata , "Betulkah? Bila sudah kering, saya akan tulis dan lukis sesuatu di atasnya!" Ah Xian beralih ke belakang dan berkata kepada ibunya, "ibu, usah kamu kipas lagi, biarlah nyamuk itu. Sila ibu kipas tanglung ni, supaya gamnya cepat kering!"

Ibu mengipasi Ah Xian sambil ketawa dan berkata, "biarlah sehingga kamu tidur barulah saya sambung mengipasi tanglung ni!" Angin yang menyegarkan hati menerpa ke muka Ah Xian. Malam ini, dalam mimpi Ah Xian bertemu

得最美丽的图案。虽然阿仙早已把小鱼儿的模样记得清清楚楚,但她还是蹲在妈妈的三轮车前,聚精会神地盯着一排排的小鱼儿饼,仔细地温习一遍。

尖嘟嘟的嘴巴、黑豆眼珠子、一条红细绳子吊着大圆头连着胖身子、三排由密到疏的鱼鳞,背上有鱼鳍、尾巴像把扇子敞开……敞开……。看着看着,阿仙心想:妈妈到底什么时候才给我一个鱼仔饼呢?只剩这几排了,会不会卖完就没了?正想说话,抬头看见妈妈汗流浃背地整理货物,阿仙也就不敢多问了,垂下头用心地描绘小鱼儿。

（五）

几天后,阿仙照常随妈妈的三轮车到街上卖饼。特别的是,这次三轮车前多了一盏纸灯笼,正是阿仙和爸爸一起完成的。晒

dewi Chang E yang cantik dan arnab yang comel menari di atas kertas yang telus.

4.

"Cuba lihat, tanglung Shi Ming yang berbentuk kapal terbang sangat cantik! Berkelip-kelip lagi tanglungnya."

"Amboi, betul-betul cantik!"

"Mentol yang cukup unik! Shi Ming, macam mana kamu buat ni? Hebatnya kamu!"

Budak-budak mula berbincang dengan Shi Ming mengenai tanglungnya, "Hei... hei! Kamu orang lihat saja jangan pegang, nanti rosak siapa bayar ganti rugi?" Shi Ming berkata dengan penuh angkuh dan panik seraya melindungi tanglungnya.

Ah Xian mara ke hadapan untuk melihat juga, rupa-rupanya terdapat satu mentol diletakkan di dalam perut kapal terbang tanglung itu, bersambung dengan wayar di bahagian luar, hanya perlu menekan butang yang terdapat di papan kawalan, maka mentol akan menyala. Tanglung ini benar-benar sebuah tanglung yang tidak menggunakan lilin tetapi masih boleh

中秋・灯笼・鱼
Hari Perayaan Pertengahan Musim Luruh, Tanglung dan Ikan

了两天，彩绘的小鱼儿和新添的流苏已稳稳贴在玻璃纸和铁枝上了，煞是好看。阿仙迫不及待地想让大家欣赏她的灯笼。果然，前来购买糕饼的阿姨和小朋友都对阿仙的灯笼赞不绝口，阿仙很是开心。

"嗨！方亚仙，是你呀！"

阿仙应声一看，"啊！洪士明，你也住附近吗？"

"不是。我刚好来这里找我表哥玩，原来你们家是卖饼的呀！"说完士明转身和旁边的表哥耳语了几句，两人便大笑起来。阿仙没听见他们说什么，正感到莫名其妙，士明又说道："喂，卖饼妹，你们在卖些什么饼呀？赶快介绍介绍吧！"

阿仙这才明白他们刚刚是在取笑她，心里很不是滋味，但还是忍耐着向他们介绍各种中秋饼。这时，士明注意到三轮车前挂着

bernyala! Ah Xian sangat iri hati, memikirkan tanglungnya yang sedang disidai di bawah bumbung rumah, entah apa kejadiannya, Ah Xian gelisah pula.

Selepas tamat kelas, Ah Xian meminta ibunya menurunkan tanglung itu supaya dia boleh memeriksa keadaan tanglung. Benar apa yang dikatakan ayahnya, bahagian yang berkedut telah menjadi ketat dan licin, cantiknya! Ah Xian mula bersedia melukis dan menulis di atasnya, dia mahu melukis biskut-biskut di atas beca ibu. "Ibu, saya mahu lukis dewi, arnab, si babi, rama-rama. Teratai ... dan banyak ikan juga!"

Ibu tertawa dan berkata, "sayang, tanglung ini tidak besar, tidak muat kalau mahu lukis semua itu."

Betul apa ibu kata, kali ini Ah Xian berasa susah pula untuk membuat pilihan, biskut bulan begitu comel, semua reka bentuk pun dia suka, apa boleh buat? Selepas berfikir panjang, Ah Xian mengambil keputusan melukis seekor ikan di atas kertas telus, dia berasa ikan ialah corak yang paling cantik. Walaupun Ah Xian telah hafal bentuk ikan pada awalnya, tetapi dia

的纸灯笼,突然放声大笑起来,指着阿仙说:"不会吧?这就是你做的灯笼吗?真够土气!"

士明的表哥也加了一嘴,说:"就是啊!连上面那条呆鱼也那么土!哈哈!"听见他们你一言我一语的嘲讽,阿仙脸色变得很难看。

"咦!不如我们就买几只鱼仔饼回去好好享用!方亚仙,啊,不,方饼妹同学,给我二十个鱼仔饼,我们今晚要预先庆祝中秋呢!"士明说完又看了看那灯笼,接着又和表哥笑闹起来。

阿仙既生气又难过,红着眼睛取了二十个鱼仔饼准备包起来,看见这么多可爱的小鱼儿将要落入这两个讨厌的人手中,自己却一个都没有,阿仙心里更觉愤恨,"好!你们笑我……"想着想着,阿仙暗中把所有小鱼儿的尾巴折断,用深色的塑料袋装好,递给士明。

masih menekuni hadapan beca ibu, merenung baris demi baris biskut ikan, mengulang kaji cara melukisnya.

Mulut yang tajam, mata yang hitam, diikat dengan satu benang berwarna merah bersambung dengan kepala ikan yang gemuk dan badan yang bulat, sisik tiga baris, dari padat ke jarang, belakang ada sirip, ekor seperti kipas yang terbuka. Lama merenung, terlintas di fikirannya, bila ibu sanggup memberikannya satu ikan biskut yang sempurna? Tinggal beberapa baris biskut ikan sahaja, selepas habis dijual tidak ada baki, bukan? Ah Xian mahu berkata sesuatu tetapi apabila melihat ibu mandi peluh mengemaskan barang maka Ah Xian pun tidak berani bertanya, dia kembali meneruskan lukisannya sahaja.

5.

Beberapa hari kemudian, Ah Xian mengikut ibunya menjual biskut di kota raya. Kali ini berbeza kerana terdapat satu tanglung di depan beca. Tanglung ini hasil tangan Ah Xian dengan ayahnya. Selepas dua hari bersidai di bawah panas matahari, si ikan dan jumbai melekat di

望着他俩的背影，阿仙脸上露出报复的笑意，但随即又觉得忐忑不安起来。"他们回去发现所有的饼都折断了，会不会来找我算账？啊！会不会告诉妈妈？糟了，妈妈知道了一定会打我的……"阿仙心里害怕得很。

（六）

担心了一个下午的事，终于发生了。

晚上，士明的舅妈带着那包饼来找妈妈理论，阿仙躲在屋内不敢出去，只听见妈妈连声说"对不起对不起"，好像还另外赔了二十个鱼仔饼给士明的舅母。待妈妈回到屋里，阿仙已吓得躲在被窝里装睡。但妈妈并没有骂阿仙，只是在叹气。阿仙从被窝里探出头来，看见妈妈坐在饭桌前发呆，桌上放着一个深色塑料袋。而爸爸站在一旁，铁青着脸不说

atas kertas telus serta rangka dawai tanglung. Kelihatan cantik. Ah Xian tidak sabar mahu menunjukkan tanglungnya kepada orang ramai. Para pembeli kuih-muih yang datang membeli dengan ibu kesemuanya memuji tanglungnya cantik, Ah Xian cukup gembira.

"Hai, Fang Ah Xian, kamu rupanya!"

Ah Xian menjawab dan kawan rupanya. "Oh, Hong Shi Ming, kamu tinggal berdekatan sini?"

"Tidak, saya datang ke sini melawat sepupu, rupa-rupanya keluarga kamu menjual biskut!" Selepas bercakap, Shi Ming berbisik ke telinga sepupunya, sesudah itu kedua-duanya ketawa. Ah Xian tidak mendengar apa yang diperkatakan, dia hanya berasa pelik sahaja. Shi Ming berkata, "Wei, si penjual biskut, cuba terangkan biskut kau! Apa biskut yang kamu jual ni?"

Ah Xian baru faham, rupa-rupanya mereka mengejeknya, walaupun terasa hati, tetapi Ah Xian masih memberi penerangan kepada mereka berdua. Pada masa ini, Shi Ming memerhatikan tanglung di depan beca dan terus tertawa, dia menuding tanglung itu dan berkata, "inikah?

话。阿仙心里非常愧疚,终于忍不住哭了起来!

"对不起……妈妈……是我弄断的……我生洪士明的气……他笑我是'卖饼妹'……又笑我的灯笼……我讨厌他……"阿仙抽泣着把憋在内心的话都说了出来。

良久,妈妈轻声道:"阿仙,洪士明叫你'卖饼妹'是他不对,你可以告诉他说我们家靠自己的努力卖饼赚钱过生活,不偷不抢的,没什么可笑的地方!他笑你的灯笼不好看,那你自己觉得呢?"

阿仙不假思索地说:"我很喜欢!那是我和爸爸一起做的!虽然……虽然不像洪士明的灯笼那样……会自动发亮……"

"这就够了呀!为什么要因为他的一两句话而生气伤心呢?"妈妈又叹了一口气说。

阿仙咬着嘴唇不说话,心里

Inikah tanglung yang kamu buat itu? Kolotnya!"

Sepupu Shi Ming lantas menyahut, "ya, lukisan ikan di atasnya juga cukup kolot! Ha... ha..." Selepas mendengar ejekan mereka, Ah Xian bermasam muka.

"Eh! Apa kata kita beli beberapa biskut ikan, bawa balik makan! Fang Ah Xian, oh, si penjual biskut, sila bagi saya dua puluh biskut ikan, hari ni kami mahu menyambut perayaan pertengahan musim luruh ini lebih awal!" Selepas berkata-kata, Shi Ming merenung tanglung Ah Xian dan tertawa bersama sepupunya sekali lagi.

Ah Xian marah dan sakit hati, menahan air matanya sambil menyediakan dua puluh biji biskut ikan kepada Shi Ming, melihat ikan-ikan yang begitu comel sekarang berada di tangan dua orang yang menyampah ini, dirinya pula satu pun tidak mampu memilikinya. Ah Xian sakit hati, dan mematahkan kesemua ekor biskut ikan itu. "Biarlah kamu ejek saya," lalu memuatkan biskut ikan ke dalam beg plastik berwarna gelap dan diberikan kepada Shi Ming.

Merenung bayang kedua-duanya meninggalkan beca, Ah Xian mempamerkan senyuman puas kerana

中秋・灯笼・鱼
Hari Perayaan Pertengahan Musim Luruh, Tanglung dan Ikan

却喊：小鱼儿那么可爱，洪士明却笑他土！既然他不喜欢小鱼儿，为什么还要买那么多鱼仔饼回去？想到这里，阿仙再也忍不住了，大声哭道："为什么他可以有这么多鱼仔饼，而我却一个都没有？为什么每次都要等别人选剩下的、不要了的东西才给我？为什么？为什么？"

妈妈被阿仙的这番话吓了一跳。想起平日阿仙常会吵着要吃某些糕饼，但为了多赚点钱，妈妈总是等到有卖剩的才会让阿仙吃，没想到这样做竟然会令阿仙如此介怀和伤心。

"看来，是我忽略了你的感受啊……"妈妈哽咽着说。

爸爸轻拍妈妈的肩膀，说："你们别哭了。阿仙，妈妈也是为了多赚点钱罢了……并不是不疼你呀！"

爸爸接着又说："其实，鱼仔

berjaya membalas dendam, tetapi sekejap sahaja dia gembira. Dia bertukar menjadi gelisah, "sebaik mereka sampai di rumah dan mendapati kesemua biskut ikan patah ekor, mesti mereka kembali mencari saya dalam keadaan marah-marah, bukan? Ah, adakah mereka akan mengadu kepada ibu? Matilah saya ni, jika ibu tahu kesemua ini mesti saya dipukul..." Ah Xian sangat takut.

6.

Perkara yang merunsingkan fikirannya sepanjang tengah hari akhirnya berlaku jua.

Pada sebelah malam, mak cik Shi Ming datang membawa biskut itu dan meminta ganti rugi. Ah Xian sembunyi di dalam rumah dan tidak berani keluar, suara minta maaf kedengaran berulang-ulang, "minta maaf puan, minta maaf puan." Akhirnya ibu menggantikan dua puluh keping biskut ikan kepada mak cik Shi Ming. Bila ibu masuk ke dalam rumah, Ah Xian berpura-pura tidur di katilnya. Ibu tidak memarahi Ah Xian, hanya mengeluh panjang. Ah Xian menjengah keluar, dan melihat ibu sedang termenung di depan meja makan. Di

饼要多要少并不重要,因为小鱼儿早已经住在你的心里面了呀!不是吗?"

"算了,明天不卖那些鱼仔饼了,都给阿仙吧!"妈妈红着眼睛说。

"不!我不是这个意思!我只要一个就够了,我要喜欢小鱼儿的人都可以买到它……况且……我现在已经有二十个鱼仔饼了……"阿仙着急地说道。

看着桌上那袋折坏的饼,阿仙心里难过地想:多无辜的小鱼儿啊!就因为我忌妒洪士明吗?爸爸说的对,小鱼儿早已在我的心里面……要多要少并不重要啊!

"好了好了,都去睡吧!"爸爸催促着妈妈和阿仙。

睡前,阿仙小声地对妈妈说:"妈,我以后一定会努力帮忙卖饼,换回那二十个饼的钱的……我会向洪士明道歉……我也会

atas meja itu terdapat satu bungkusan berwarna hitam. Ayah pula tidak mengatakan apa-apa hanya berdiri di sebelah, tetapi wajahnya mempamerkan kemarahan. Ah Xian berasa sangat bersalah terhadap ibu ayahnya, akhirnya dia menangis!

"Minta maaf ibu... saya yang buat itu... saya marah Shi Ming sebab ejek saya. Dia kata saya si penjual biskut... ejek juga tanglung saya... saya benci dia." Ah Xian menghambur emosi seraya menangis.

Ibu menjawab dengan lembut setelah sekian lama merenungnya. "Ah Xian, Hong Shi Ming yang panggil kamu si penjual biskut memang dia tidak betul, tapi kamu boleh beritahu dia, keluarga kita mencari makan dengan tangan sendiri, tidak mencuri tidak merompak, tidak ada apa-apa yang perlu diejek-ejekkan! Dia ejek tanglung kamu tidak cantik, macam mana kamu rasa tanglung kamu itu?"

"Saya sangat suka tanglung saya, kerana itu tanglung hasil tangan saya dan ayah! Walaupun tidak secanggih Shi Ming yang boleh menyala automatik."

告诉他不可以取笑我,还有我的灯笼……妈妈……"

"嘘嘘,快睡吧!妈妈给你扇蚊子!"

这一夜,阿仙看见心里深处的小鱼儿,在梦里飞……

"Asalkan kamu suka, maka sudah cukup dah! Buat apa sedih dengan kata-kata mereka berdua?" ibu mengeluh lagi.

Ah Xian tidak mengatakan apa-apa tetapi menjerit dalam hati, "si ikan begitu comel, Hong Shi Ming pula kata Si ikan kelihatan kolot! Jika dia tidak suka biskut ikan, buat apa dia beli biskut itu?" Apabila berfikir sehingga ke tahap ini, perasaan Ah Xian tidak terbendung lagi. Dia menangis dan menjerit, "mengapa dia boleh memiliki begitu banyak biskut ikan, tapi saya satu pun tidak ada? Mengapa setiap kali saya hanya mampu makan biskut ikan setelah dipilih oleh orang lain? Mengapa saya hanya layak makan biskut ikan yang orang lain tidak mahu? Mengapa? Mengapa?"

Ibu terkejut mendengar kata-kata Ah Xian. Terkenang Ah Xian selalu meminta mahu makan kuih ini kuih itu, demi mencari rezeki yang lebih, ibu tidak bagi dia makan kuih muih yang dijual sehingga yang dijual tinggal baru berikan kepada Ah Xian. Tidak sangka perbuatan ini buat dia menyimpan hal ini di dalam hatinya selama ini.

"Rupa-rupanya saya yang abaikan perasaan

kamu…" ibu juga menangis.

Ayah mengelus-elus bahu ibu dan berkata, "kamu berdua jangan menangis. Ah Xian, niat ibu hanya mahu mencari keuntungan yang lebih banyak saja… bukannya tidak sayangkan kamu!"

Ayah melanjutkan lagi, "sebenarnya berapa banyak biskut ikan tidak penting, kerana biskut ikan sudah lama tertanam dalam hati kamu, betul tak?"

"Biarlah, bermula esok, biskut ikan yang tinggal tu tidak akan saya jual lagi, semuanya bagi kepada Ah Xian!" ibu menangis sambil berkata-kata.

"Tidak! Saya tidak bermaksud ini! Saya hanya mahu satu saja, saya mahu mereka yang suka biskut ikan juga boleh membelinya… lagi pun, saya sudah ada biskut ikan sebanyak 20 keping." Sahut Ah Xian tergesa-gesa.

Melihat ke arah bungkusan biskut ikan yang telah dipatahkan ekor, Ah Xian berasa sedih. "Ikan yang tidak bersalah, akhirnya disebabkan saya iri hati, ekor mereka dipatahkan, apa salah mereka ni? Betul apa yang dikatakan oleh ayah, si ikan sebenarnya sudah tertanam dalam hati saya… berapa jumlah yang ada tidak penting langsung!"

"Baiklah, pergi rehat!" ayah meminta ibu dan Ah Xian pergi berehat.

Sebelum tidur, Ah Xian berkata kepada ibu, "ibu, saya akan berusaha menjual biskut, mendapatkan balik keuntungan untuk 20 biskut ikan itu, saya akan minta maaf dengan Hong Shi Ming… saya juga akan bagi tahu dia tidak boleh ejek saya lagi dan juga tanglung saya… ibu…"

"shi… shi…, cepat rehat! Biar ibu tolong kamu kipas halau nyamuk!"

Malam ini, Ah Xian melihat ikan ada di dalam hatinya di tempat yang paling tersembunyi, dalam mimpi Ah Xian, ikan itu berterbangan…

我家的河东狮

Si Singa Di Rumah Saya

刘玉玲

Lau Yoke Lian

家里养了一只河东狮，据说在我还没出现在这个世界上时，她就已经在我的家"老树盘根"多年，并且在家里拥有非常崇高的地位。关于这一点，我在很小很小的时候就已经领略到了。比我年纪长的大姐和大哥，从来没有告诉我河东狮的势力范围的边界到底在哪里，但凭很多细节，尤其是家人用眼神沟通暗传密语的举止来看，我可以知道，在家中，可

Rumah saya ada satu singa. Sebelum kelahiran saya dalam keluarga ini, Si Singa sudah sekian lama tinggal di sini. Si Singa mempunyai status yang tinggi dalam keluarga ini. Sejak dari kecil saya sudah pun mengetahui kenyataan ini. Abang dan kakak yang berusia lebih tua daripada saya tidak pernah memberitahu sejauh mana kuasa Si Singa dalam keluarga ini, tetapi hasil daripada pengalaman hidup dalam keluarga ini, saya dapat kesan dari detail kehidupan dan pandangan antara ahli keluarga yang membawa makna yang tersirat. Dalam keluarga ini, saya

以惹怒任何一位家庭成员，唯独这位河东狮——安娣除外。

河东狮为什么会叫河东狮呢？这一点我是最清楚不过的。话说有一天，爸爸带我出去喝茶，刚巧他的一帮"猪朋狗友"（咱们家最有江湖地位的妈妈这般形容的），随口就问："啊，偷溜出来，家里那只河东狮不吼吗？"我生来冰雪聪明，一听就知道，他们所说的"河东狮"指的就是我家中只要使一个眼神就可以杀人于无形的妈妈了。我问我老爸，怎么你把妈妈唤成一头狮子？老爸深知他儿子从小领悟力强，口齿更是伶俐无人能比，我们最终达成协议，以每星期逛一次游乐场、三天一盒冰激凌为交易，我在妈妈面前绝口不提"河东狮"三个字。

那一天回到家，我谨守和爸爸的君子协议，我绝对没有在妈妈面前提起整件事情的来龙去

boleh timbulkan kemarahan siapa-siapa sahaja. Hanya Si Singa, iaitu seorang mak cik yang digelarkan sebagai 'Si Singa', tidak sekali pun saya buat dia marah.

Mengapakah Si Singa itu dipanggil sebagai Si Singa? Saya rasa sayalah orang yang paling mengetahui sebabnya. Ada sekali, bapa bawa saya keluar minum teh di kopitiam, terserempak dengan kawan-kawannya yang jahat (ibu yang disanjung tinggi di keluarga kita yang berkata kawan bapa semua kawan yang jahat), lalu bertanya dengan tidak sengaja, "oh, keluar tanpa pengetahuan Si Singa rumah kaukah, tidak marahkah Si Singa tu?" Saya ni dilahirkan dengan otak yang begitu cerdik, terus saya faham, yang digelarkan Si Singa itu rupanya ibu saya. Wanita yang boleh membunuh sesiapa pun dengan satu pandangan dalam keluarga kami. Saya bertanya kepada bapa, "mengapa gelarkan ibu sebagai singa?" Bapa juga menyedari betapa 'cerdik' saya, akhirnya beliau berjanji membawa saya pergi ke *funfair* setiap minggu, sekotak ais krim setiap tiga hari dengan syarat panggilan itu dirahsiakan daripada ibu.

我家的河东狮
Si Singa Di Rumah Saya

脉。当我坐在小椅子上，等候着眼前这位拥有臃肿身材的妈妈给我张罗午餐时，她在厨房忙得不停打转，时而打开冰箱，时而拿出碗碟。她意识到今天是星期五，应该用蓝色那套有米奇老鼠图案的餐具，又再转过身去把粉红色小叮当的那套放回原位。家里没有其他人，爸爸出门工作赚钱养家，妈妈时常告诉我："所以你要用功念书，孝顺父母，兄弟相亲，尊敬师长……"很多时刻，我都随着她一起把这套台词念出来。哥哥姐姐都去上学了。我的眼睛就定定地盯着妈妈的后背，突然很想告诉她一些事情。妈妈的背，很像一张大床，我三岁时，她就这样把我绑在她的背上，让我躺着睡，然后她握着洗衣服的刷子，一下一下地用力把衣服的污迹刷掉，我靠着妈妈软绵绵的背，听着有节奏的刷衣服声，很快就可以

Sebaik pulang ke rumah saya pegang janji, tidak pernah saya menyentuh isu ini. Saya tidak beritahu ibu berkaitan dengan hal itu di depan muka ibu. Ketika saya duduk di atas kerusi kecil, menunggu ibu yang berbadan besar menguruskan sarapan, dia ke hulu ke hilir di dapur. Sekejap membuka pintu peti sejuk, sekejap mengeluarkan pinggan mangkuk, akhirnya ibu sedar bahawa hari ini Jumaat, sepatutnya guna pinggan mangkuk yang berwarna biru dan bercorak *mickey mouse*, lalu ibu menyimpan semula set pinggan mangkuk yang bercorak *doreamon pink*. Tidak ada sesiapa pun di rumah. Bapa tidak ada di rumah, seperti biasa, bapa sudah pergi kerja, mencari wang untuk mengulas perut sekeluarga kita. Ibu selalu menitip ke telinga, 'bersungguh-sungguhlah kamu belajar, taat kepada ibu bapa, sayang kepada adik-beradik, hormat kepada cikgu' dan sebagainya. Acap kali sebelum ibu mengulangi titipan itu, saya sudah menjangkakan apa yang bakal dituturkannya. Abang dan kakak saya sudah pergi ke sekolah, saya menung di belakang ibu dan tiba-tiba saya ingin memberitahu ibu

我家的河东狮
Si Singa Di Rumah Saya

睡着了。

"妈。"我喊了一声。妈转过头来,"什么事?"油烟还在她头上飘。"你别转过身来。""为什么?""我答应了爸爸,不可以在你面前说。""说什么?"妈妈就一直背对着我,而我也就把从见到"猪朋狗友"起的故事一五一十说给妈妈听。每个星期的游乐场和冰激凌,我是受之无愧的,因为我并没有在妈妈面前提,我只是在妈妈背后讲。很意外,妈妈听了,竟异常地冷静。

我不明白,为什么家人对妈妈都恐惧万分,连姐姐偶尔也会对我说:"我们的妈妈,真的是一只母老虎!"我更加奇怪了,老爸说她是一只河东狮,老姐说她是一只母老虎,哥哥呢?哥哥什么都没说。他最常说的就是:"错错错错,我做什么都是错,只有阿弟从来不会做错!"哥哥口中的阿弟,

sesuatu. Belakang ibu bagai sebuah katil yang besar, sejak saya berumur tiga tahun, setiap hari ibu menggendong saya di belakangnya. Biarlah saya tidur di belakangnya, berus digenggam, pakaian digosok dengan sekuatnya yang mungkin sehingga kekotoran dari pakaian itu hilang. Sambil mendengar bunyi gosokan pakaian yang teratur, sambil saya tertidur dan berterusan.

"Ibu." Ibu menoleh ke belakang, menghadap saya. "Apa hal?" Asap masakan berkepul-kepul di atas kepalanya. "Jangan ibu menoleh ke belakang."

"Mengapa kamu ni?"

"Sudah saya janji dengan bapa, tidak memberitahu di hadapan ibu."

"Beritahu apa?"

Ibu kekal membelakangi saya. Segala plot cerita dan plot perjalanan bapa berjumpa dengan kawan-kawannya di kopitiam saya terangkan kepada ibu. Saya masih ikut bapa pergi *funfair*, makan ais krim, saya tidak berasa salah kerana memang betul saya pegang kepada janji di mana saya tidak sebut hal ini di depan ibu, hanya di

好说了，就是我。我们家每天早上都会有人吵架，从爸爸醒来洗漱开始，在房间里就会听见妈妈的怒吼声："你又花钱买不必要的东西！昨天还请你的猪朋狗友去酒家吃了一千块！"爸爸都是静静的，不答一言，河东狮继续怒吼："黑色的皮鞋就要穿黑色的袜子来衬！"我看见姐姐、哥哥和爸爸的眼神在空中飞翔，很多时候几乎是不约而同，匆匆咬了面包，三人就一起夺门而出。这种日子在重复着，妈妈的世界一直有我的影子。当家人去工作的工作，上学的上学，她就变成了小白兔，静静地打开吸尘机，默默地封杀家里的每一粒灰尘。

每一天都重复地吸尘抹地抹窗，买菜洗菜煮菜。有空闲时间，妈妈就会拿出小学三年级的课本逐字逐字教我念。我做功课时，她就凝望窗口，仿佛要望穿苍穹似的。她是不是在想着以前

belakangnya. Selepas habis cerita, ibu terus senyap.

Saya tidak faham akan punca yang membuat penghuni di rumah kami semuanya takut kepada ibu. Sehingga kakak saya pun kata ibu bagai singa. Abang pula, ayat yang sering terpancul keluar dari mulutnya ialah "salah, semua salah saya lagi, setiap kali jika berlaku hal sesuatu, mesti saya dipersalahkan, hanya anak bongsu ibu saja yang tidak pernah melakukan kesalahan!"

Anak bongsu yang dikatakan oleh abang itu ialah saya. Setiap hari mesti wujud pergaduhan antara ahli keluarga. Sebaik bapa bangun pagi dan gosok gigi, jeritan ibu mula kedengaran dari dalam bilik.

"Kamu bazir wang lagi beli barang yang tidak diperlukan, semalam belanja kawan makan pula dengan membelanjakan RM1000!" Apa yang mampu bapa buat ialah mendiamkan diri sahaja. Si Singa terus menjerit, "kasut hitam mesti *match* dengan stoking hitam!". Ketiga-tiganya berbisik-bisik sesama mereka sambil keluar dari pintu rumah dengan hanya

我家的河东狮
Si Singa Di Rumah Saya

的事呢?

窗外有一棵红毛丹树,是当年妈妈捉着我的手,叫我把种子撒下的。她每天早早就把我推出大门口,让我拿着小小的浇水器,轻声地告诉我:"把水浇下去,明天就会发芽。"当种子发芽了,对白就改成:"把水浇下去,明天就会长得高高的。"当树长得高高的,她又说:"把水浇下去,明天就会结果了。"我真的见证着这棵树的成长。当它不断长高时,我比谁都更羡慕,心情更激动,尽管我自己没办法像它那么高,但它却是我种出来的。妈妈也很高兴,当红彤彤的果实结得满满当当时,她就变成了懂得攀树的"猫女郎",把红毛丹都给摘了下来。我们两人就会抱满一堆红毛丹在怀里,吃吃地大笑起来,这种丰收的感觉,是辛勤换来的收获。以后她教我念书,就会说,现在很辛

mengambil sebuku roti sahaja. Kehidupan seperti ini berulang setiap hari, inilah rutin ibu. Dunia ibu selalunya saya yang ada. Apabila ahli keluarga yang kerja pergi kerja, yang sekolah pergi sekolah, tinggal saya dengan ibu sahaja. Saat ini ibu akan bertukar menjadi seorang yang lemah-lembut, diam sahaja dia. Ibu mengoperasikan mesin membersihkan lantai, menghilangkan setiap biji habuk yang ada di rumah tanpa berkata apa-apa dan hanya fokus kepada kerja rumahnya.

Setiap hari ibu berulang kali membersihkan lantai, beli sayur dan cuci sayur. Jika ada masa, ibu akan keluarkan buku teks tahun 3, mengajar saya satu demi satu perkataan untuk dikenali. Ketika saya membuat kerja rumah, ibu merenung keluar tingkap, entah apa yang bermain dalam fikirannya, adakah ibu sedang mengenang hal-hal silam?

Di luar sana ada sepohon pokok rambutan. Bertahun-tahun yang lalu, ibu yang menyemaikan benih rambutan melalui tangan saya. Dia yang menyuruh saya menanam benih rambutan. Sctiap hari, ibu menolak kerusi roda

苦，就像我们天天浇水施肥种红毛丹树一样，但当你每天坚持用功，必会学有所成，就像红毛丹树也会结出累累果实。每天学习，我都不再抱怨了。

  我没有什么玩伴，大家嫌我不灵活，小伙伴们的母亲还告诉他们，如果陪我玩，就会变成我那样，说我会传染他们一种不能够走路的病菌。有一天下午，有群小朋友在我家门前的大草坪上踢足球，其中大卫柏金有很大的力气，举脚一踢，球不偏不倚刚刚好撞到我家的玻璃窗，随后而来是"哐啷"一声，然后我妈妈像变身的赛亚人[1]，战斗力直升一百五十万，怒发冲冠，手叉着腰跑了出来，怒眼瞪着眼前的一群熊孩子。她只需要站着，杀气就很浓了，小朋友们双脚发软，只吓得在原地放声大哭。我心里当下明白，原来功力已经炉火纯青

saya keluar pintu besar rumah kami, menyuruh saya siram pokok yang ditanam oleh tangan saya sendiri menggunakan alat penyiram air. Ibu beritahu secara lemah-lembut, "siramkan air, esok akan bertumbuh pokok ini." Selepas bertumbuhnya pokok, ibu beritahu saya, "siramkan air, esok akan menjadi semakin tinggi." Selepas pokok menjadi cukup tinggi, ibu berkata, "siramkan air, esok akan berhasil." Sayalah satu-satunya saksi yang melalui proses pertumbuhan pokok rambutan ini. Semasa pokok rambutan ini tumbuh menjadi tinggi, saya iri hati kerana diri saya tidak mampu tumbuh besar sepertinya. Walaupun saya tidak mampu membesar setinggi pokok rambutan, tetapi saya gembira kerana pokok rambutan ini hasil usaha titik peluh saya. Ibu juga sangat gembira, apabila pokok rambutan ini berbuah lebat, ibu memanjat pokok itu lalu memetik rambutan untuk saya. Kedua-dua kami memeluk rambutan yang dipetik dan makan bersama. Inilah hasil berkat daripada usaha kami berdua. Ibu mengambil pengalaman menanam ini sebagai contoh dan

---

1. 赛亚人：日本漫画《龙珠》及其衍生作品中的一个种族的名称，天生好战，食量惊人。

我家的河东狮
Si Singa Di Rumah Saya

的河东狮杀人于无形,就是这个样子,无招胜有招。小朋友随后由他们的母亲或婆婆或公公陪同登门道歉。

最近家里一直在为一件事情争吵。妈妈说应该送我到学校上课去了。爸爸说:"人都这样,还念什么书?"妈妈很凶,什么叫作人都这样?脸都涨得红红的。"你如果少喝几杯酒,少赌几场,他的学费就足够了!""家里又不是没有其他孩子,为什么就要栽培他?"爸爸反问。"现在一切很好啊,一直待在家里,不用丢人脸。"妈妈是气极了,就将手里握的杯子往爸爸的脸上丢去。我的哥哥和姐姐在冷眼旁观,然后走过来冷冷地对我说:"又是因为你。"

阿嬷以前住在我家时,也是这么说。邻居问起:"这孩子怎么啦?"阿嬷答:"是她祖上造的孽,才生了这样的儿子。我们家被连累啊,真

mengajar saya bagaimana menanam, perlu diberikan baja dan usaha dengan titik peluh kami barulah hasilnya kami dapat. Jika kamu berterusan berusaha, mesti mendapat hasil yang berkat. Setiap hari semasa belajar, saya akan fikir apa yang diajari oleh ibu.

Saya tidak ada rakan sebaya. Mereka semua berkata saya tidak mampu berjalan, ibu rakan sebaya memberitahu mereka, jika berkawan dengan saya, mereka akan menjadi seperti saya, kerana saya akan menjangkiti mereka sejenis virus yang boleh mencacatkan orang. Masih saya ingat lagi, ada sekali sekumpulan kanak-kanak menyepak bola di depan rumah dan mereka memecahkan tingkap kaca rumah, 'peh… lang!'. Ibu terus marah dan memandang ke arah kumpulan itu. Akhirnya mereka takut lalu ditemani oleh ibu bapa mereka ke rumah saya untuk meminta maaf daripada ibu atas kerosakan cermin tingkap yang disebabkan oleh sepakan bola mereka.

Keluarga kami semakin kian bergaduh tentang satu perkara. Ibu kata saya sepatutnya belajar di sekolah, bapa kata orang sudah jadi

"一带一路"沿线国家儿童文学经典书系（第一辑）·马来西亚卷
Siri Buku Klasik Kesusasteraan Kanak-kanak
The Belt and Road（Jilid 1）· Jilid Malaysia

是家门不幸。"阿嬷每次都是这么说的。邻居每次看见我，就一副怪模样，好像黄鼠狼哭着慰问小鸡："啊啊，你今天感觉还好吗？"妈妈在阿嬷面前总忍气吞声的。直到有一天，阿嬷又对来访的客人说："这儿是她娘造孽生下的报应。"妈妈的火可烧大了，把手中摘到一半的菜心都倒在地上，发了狂似的，对着阿嬷大喊："你敢再骂我儿，我就跟你拼了！"那天以后，我们住的村子里谣言四起，说阿嬷有个不肖的儿媳妇，说儿媳妇对阿嬷不敬。阿嬷从此搬走了，她再也没有回来，再也没有。

河东狮在家吼了很多次，爸爸没有再去喝酒了，更没去赌博了。而我终于可以上学了。每天早上我都迫不及待要起来洗漱。妈妈会推着轮椅，送我到学校去。途中会遇上同去学校的孩子们，他们会嬉皮笑脸，故意走到我的

macam ni, buat apa pergi sekolah. Ayat ini buat ibu marah.

"Apa yang dimaksudkan dengan orang sudah jadi macam ni?" Muka ibu menjadi merah kerana terlalu marah.

"Jika kamu kurangkan minum, kurangkan judi, keluarga kita mampu bayar bil sekolah dia!"

"Kita kan ada anak lain, buat apa bazir masa dan wang untuk anak yang cacat?"

Ayah melanjutkan.

"Sekarang kan bagus, tinggal saja di rumah, orang lain tak nampak, tak buat kita malu."

Ayat ini menimbulkan kemarahan ibu, cawan dalam genggaman dibalingnya. Kakak dan abang pula berkata dengan saya, "kamu punca pergaduhan ibu bapa kita lagi."

Dahulu, nenek juga berkata yang sama kepada bapa. Semua jiran bertanya, "apa yang terjadi ke atas anak kamu ni?" Nenek jawab, "nenek moyangnya telah membuat jahat, menyebabkan anaknya dilahirkan cacat." Kami sekeluarga dibuat malu sahaja. Setiap kali nenek ulang ayat ini, setiap kali jiran jumpa saya mesti mereka bertanya, "oh, hari ni rasa okey?" Ibu

我家的河东狮
Si Singa Di Rumah Saya

面前，然后问我："你为什么不站起来走路呀？"在我后面的那个女人就变成河东狮，对着他们怒吼："你们统统给我闪开！"冷嘲热讽瞬间消失无踪。

日子久了，连以前觉得我丢光了脸的大哥，偶尔也客串当我的"柴可夫"。在上学的途中，遇见特殊学校的同学，大家打个招呼，言笑晏晏。晨练的老先生老婆婆们看见了我，都亲切地说声早安。天空的小鸟也快乐地飞翔。

我知道村子里的人对妈妈都很尊敬，当他们见到妈妈时，都会关怀地问："孩子的状况还好吗？"妈妈就会很和蔼地说："医生说再过一些时侯，就可以给他安装义肢学走路了！"妈妈展现了她能干又坚强的 面。以往喜欢用报应来议论我的三姑六婆们也不再戴有色眼镜看待我，取而代之的，是鼓励的眼神和钦佩的态度，这一切，

sering kali menahan sindiran dan tuduhan nenek, sehingga satu hari nenek ulang ayatnya, "itu nenek moyangnya yang buat salah, padanlah dia melahirkan anak yang cacat". Kata-kata itu membakar kemarahan ibu dan sayur sawi yang sedang dicuci dan dipetik separuh daunnya dibalingnya seraya menjerit kepada nenek, "berani kau sindir anak saya lagi!" Selepas kejadian pada hari itu, nenek berpindah ke tempat lain. Tidak balik ke rumah kami. Jiran-jiran berbisik-bisik mengatakan ibu saya seorang yang tidak hormat kepada orang tua.

Si Singa telah banyak kali mengaum, akhirnya bapa tidak lagi minum dan berjudi. Dan saya juga berjaya melaporkan diri di sekolah. Setiap hari saya tidak sabar bagun pagi, gosok gigi, hendak pergi ke sekolah untuk belajar. Ibu akan menolak kerusi roda saya sampai ke sekolah. Kadangkala ada budak nakal mengejek dan mencabar saya, "mengapa kau tidak bangun dari kerusi roda kau?" Ibu yang berada di belakang akan mengaum sekali lagi. "Semua berambus!" katanya.

Lama-kelamaan, abang yang selama ini

都是河东狮努力在逆流中不畏湍流一步一步陪我走过来的成果。

从妈妈的身体钻出来时，我想我是不小心把双脚遗留在天国了。医生说那是一种天生的脚疾，刚出来的时候，大家都吓了一跳，怎么小宝贝没有脚板没有小腿？妈妈曾经说过，阿嬷当场就骂"夭朽"，只有妈妈，只有她觉得我看起来是那么可爱。在家里，爸爸从来没有说什么，他只是认为钱应该花在值得的投资上，我不值得浪费他的时间和金钱。妈妈以前管家管得凶，我出生后，变得更凶了。我告诉她，"阿妈，阿妈，我也想上学啊。"妈妈就为我争取到了。

如今，双腿装上了义肢，原来走路的感觉可以这么美妙。同学们都说我的妈妈是闻名的河东狮，我却要告诉他们，我爱我家的河东狮！

menganggap saya membuatnya malu juga sesekali menghantar saya pergi ke sekolah. Ketika dalam perjalanan ke sekolah, jika berjumpa dengan kawan dari sekolah khas yang sama, kami saling bertanyakan khabar. Orang tua yang sedang bersukan juga menyapa dengan kami. Burung berterbangan di langit dengan bebasnya. Saya tahu orang kampung semua menghormati ibu kerana semasa berjumpa dengan ibu mereka mengambil kesempatan bertanyakan keadaan saya.

"Keadaan anak okey hari ni?"

"Menurut doktor, tidak lama lagi dia boleh pasang kaki protesis yang membolehkan dia berjalan." Ibu jawab dengan lemah-lembut menunjukkan ketabahannya.

Sepupu dan ibu bapa mereka yang dulu suka memberi tekanan kepada orang lain telah bertukar sikap, mereka mula memberi galakan dan sokongan kepada saya. Mereka kagum sikap ibu saya yang tidak pernah putus asa. Semua ini tidak berlaku tanpa usaha Si Singa dalam keluarga saya. Dialah insan yang bertarung dengan segala kesusahan demi kebaikan saya.

我家的河东狮
Si Singa Di Rumah Saya

Selepas saya dilahirkan, doktor kata saya tidak dapat berjalan kerana saya dilahirkan sebegitu. Rasanya semasa saya dilahirkan, saya tercicir pasangan kaki saya di syurga dengan tidak sengaja. Ramai yang terkejut, mana tapak kaki saya? Nenek saya terus marah kerana saya dilahirkan cacat dan dia menyalahkan ibu dalam segala-galanya. Satu-satunya insan yang berasa saya ini cukup comel hanyalah ibu. Bapa saya merasakan wangnya perlu dilaburkan ke tempat yang lebih berbaloi, usah membazirkan masa dan wang terhadap seorang anak yang tidak sempurna fizikalnya. Dulu, ibu kawal sekeluarga kita dengan cara yang agak ketat, selepas kelahiran saya, kawalan terhadap sekeluarga kita menjadi lagi ketat.Saya memberitahu ibu, "bu, saya mahu pergi belajar di sekolah, bu." Akhirnya ibu merealisasikan impian saya.

Hari ini, saya telah pasang kaki protesis, baru saya dapat rasa bagai mana seorang manusia itu berjalan. Betapa indah perasaan ini. Semua rakan sebaya kata ibu saya garang bagai Si Singa, izinkan saya meluahkan hati dengan berkata, "saya, sayang kepada Si Singa yang ada di rumah saya tu!"

"烂番薯班"的孔老师

Cikgu Kong dan Kelas Ubi Keledek

年　红

Nian Hong

　　上课的钟声刚刚响过,副校长孔劳便一边挥动着长鞭,一边大摇大摆地走进课室。

　　班长李小珠连忙高声喊叫:"起——立!"

　　班上的同学懒洋洋地站起来,有的弯着腰,有的只是把屁股抬了抬。

　　"行——礼!"李小珠接着喊。

　　有的同学鞠躬,有的同学点点头,也有的同学在傻笑。

Bunyi loceng bendering, guru penolong kanan Cikgu Kong melibas-libaskan rotannya sambil berjalan masuk ke dalam kelas.

Ketua kelas Li Xiao Zhu memanjangkan laungannya, "ba…ngunnn."

Semua pelajar dalam kelas bermalas-malas bangun, ada yang tidak tahu menegakkan badan, ada yang hanya mampu meluruskan punggung sikit-sikit.

"Tun…dukkk…" Li Xiao Zhu terus melaung.

Ada pelajar yang tunduk, ada hanya angguk

"烂番薯班"的孔老师
Cikgu Kong dan Kelas Ubi Keledek

"老师早安。"

"坐下。"

李小珠才说完,孔劳的藤鞭突然狠狠地往桌面上打去,"啪!"就像枪声,吓得全班同学一大跳!他们不约而同地望向那个个子高、脸型有点丑的孔劳,见他眼露凶光,班上顿时鸦雀无声。

"这是公民课,教你们怎样做人,怎样尊师重道,竟连简单地向老师敬礼,向老师问安都做不好,还学什么忠孝仁爱、礼义廉耻?"

几个迟到的同学蹑手蹑脚地从后门溜进来,坐上位子。

"啪!"又是一声巨响。

"给我滚出去!"孔劳的丑脸更难看了,他大声地喊道,"不守时,还走后门,配当学生吗?"

那几个迟到的同学吓得脸色发白,你看看我,我看看你……

"给我滚出去!"

他们连忙溜出后门,呆呆地

kepala, dan ada juga hanya mampu senyum dengan melebarkan mulut.

"Selamat pagi cikguuu."

"Duduk semuaaa."

Serta merta selepas Li Xiao Zhu mengarahkan semua duduk, tiba-tiba dengan sepantas kilat, rotan dalam cengkaman Cikgu Kong melibas permukaan meja, *piak*! Bunyi nyaring seperti bunyi senapang mengeluarkan peluru, semua anak murid dalam kelas itu terkejut. Tanpa dipinta, semua memandang ke arah muka si tinggi lampai. Bentuk muka yang tidak cocok digelar *handsome* itu ialah Cikgu Kong, melontarkan pandangan sinis kepada semua anak kecil dalam kelas. Pada saat itu, tidak seorang pun berani mengeluarkan sepatah kata.

"Ini kelas Pendidikan Sivik tahu semua, biarlah belajar macam mana layan orang dengan sopan, belajarlah cara menghormati guru-guru, cara *simple* bertegur sapa dengan cikgu pun tidak tahu. Apatah lagi mahu belajar nilai-nilai murni?"

Ada beberapa murid yang datang lewat, cuba masuk dari pintu belakang bilik darjah,

站在教室外。

"当小学生，念六年书就该毕业了，而你们，有念七八年的，还有念八九年的，不丢脸吗？全校老师都知道这是'烂番薯班'，谁也不愿意当你们的班主任。"孔劳的双眼睁得圆圆的，说话时，好像在咬牙切齿，"要不是校长再三要求，我才不当你们的班主任。"

班上的同学都低着头，几个女同学简直要哭出来。

只有那个念了九年，留级三次，坐在最后一排的杜贡歪着头，斜着眼儿瞪着孔劳，班上的同学喜欢叫杜贡"大头鱼"，因为他的头很大，而且常常说家里养的大头鱼很会打架。杜贡不爱读书，爱惹事，被记了几次过。

"战争时期，学校都关了。那时，孩子没书读，很苦；胜利后，侨领百姓办学多难。你们能进学校读书，还不好好珍惜，怎么对得起

perlahan-lahan mengambil tempat masing-masing.

Piakkk! Sekali lagi bunyi nyaring itu kedengaran.

"Berambus dari kelas!" Wajah Cikgu Kong yang hodoh itu bertambah hodoh, jeritannya menjadi-jadi. "Tidak tahu menepati masa, masuk lagi dari pintu belakang, layakkah kamu jadi seorang pelajar?"

Ketika inilah rona muka pelajar yang terlibat itu bertukar menjadi pucat, sambil pandang-memandang sesama mereka entah apa yang patut hendak dilakukan.

"Berambuslahhh!"

Mereka dihalau lalu berlari keluar dari kelas melalui pintu belakang, terpaku di luar pintu kelas.

"Enam tahun saja belajar di sekolah rendah sebagai murid, tapi antara kamu ini ada yang tersangkut di sini tujuh ke lapan tahun, ada juga sampai sembilan tahun, tidak rasa malukah? Seluruh sekolah ini, guru-guru semua sedia maklum, inilah kelas Ubi Keledek yang sudah rosak isinya. Majukanlah kepada sesiapa pun,

"烂番薯班"的孔老师
Cikgu Kong dan Kelas Ubi Keledek

坡众[1],对得起父母?"

孔劳顿了顿,看见呆站在后门外的几个同学,大声喊了一声:"进来,从前门进来。"

那几个同学慢慢地走进课室,一一向孔劳行了个礼,坐回自个儿的位子。

"哼!连一声问安都没有,回去给我写一页'礼义廉耻'的'礼',明天交给我。"孔劳叹息地说,"真是朽木不可雕!"

"大头鱼"杜贡很不耐烦。他自言自语:"教书不教书,不是藤鞭打桌子,就是骂人,这样的老师,我也会当。"

孔劳似乎是个"千里耳",他指着杜贡,问:"你说什么?"

"我说,你只会骂人。"

孔劳三步并作两步走到杜贡的身旁:"你说什么?"

杜贡站了起来。孔劳一愕。

[1] 坡众:地方上的民众。

tidak ada yang rela menjadi penyelia bagi kelas Ubi Keledek ini." Cikgu Kong dengan mata yang terbelalak, menjerit-jerit, seperti mahu menelan mangsa. "Jika bukan si guru besar itu yang merayu, aku tidak ambil alih kelas ini."

Semua pelajar dalam kelas ini menundukkan kepala kerana berasa malu ditegur serupa itu. Ada murid perempuan yang menahan air matanya daripada mengalir.

Hanya Si Ubi Keledek itu yang tersekat di sini selama sembilan tahun, ditangguhkan sebanyak tiga kali, duduk di tempat yang paling jauh di belakang, menjatuhkan kepalanya ke sebelah seraya mengecilkan mata ketika memandang guru kelas Ubi Keledek. Namanya digelarkan sebagai Ikan Kepala Besar, disebabkan kepalanya besar dan sering mengatakan rumahnya memelihara ikan kepala besar dan handal dalam pertaruhan. Tapi nama sebenarnya ialah Du Gong, si anak murid yang tidak cintai buku, hanya sibuk membuat kacau, telah pun direkodkan tindakan disiplin beberapa kali.

"Mengenangkan zaman peperangan,

杜贡长得和他一样高。

"读了八年书,被打骂了八年。今天看你拿的鞭,听你骂人的话,这第九年也不好过。我要回家去帮父亲看胶园,不再受你的气!"

说完,他收拾书包,向班长李小珠挥了挥手,回头向孔劳说:"大家爱叫我'大头鱼',说我头大聪明,可是学校出了太多像你这样只会打骂的老师,把我教笨了!"

孔劳眼巴巴地望着杜贡走出课室,气呼呼地又在桌面"啪"地打了一鞭,说:"简直是小流氓!早走早好,免得玷污了校誉。"

说完,一脸严肃地问班上的同学:"还有谁要回家的吗?"

沉寂了一阵子,他说:"那好,现在就上第一课《万世师表》,懂得什么是'万世师表'吗?"

同学们你看看我,我看看你,谁也答不出来。

semua sekolah terpaksa ditutup, masa itu tidak seorang pun anak-anak berpeluang untuk belajar, betapa susah mereka. Selepas melalui zaman peperangan yang pahit, barulah sekolah dihidupkan semula, kamu ini dikurniakan peluang belajar, masih tidak berasa bersyukur, buat apa tidak belajar bersungguh-sungguh dan mengecewakan ibu bapa?"

Cikgu Kong sepintas lalu memandang murid yang terpaku di luar kelas. Dia menjerit semula, masuk! Semua masuk dari pintu depan.

Yang terpaku tadi masuk melalui pintu depan seraya menundukkan kepada Cikgu Kong, selepas itu kembali ke tempat duduk masing-masing.

"Heng! Balik rumah tuliskan saya semuka surat 'sopan', belajarlah bila perlu bertegur sapa, tidak sepatah ayat pun didengari daripada kamu orang ini." Cikgu Kong dengan penuh kemarahan berkata, betullah semua Ubi Keledek tidak dapat diajar!

Du Gong atau si Ikan Kepala Besar tersinggung. Dia membalas dengan membebel, disuruh mengajar tidak mengajar, pandai saja guna rotan

"烂番薯班"的孔老师
Cikgu Kong dan Kelas Ubi Keledek

"万世,就是很多世代,师表,意思是道德学问都是值得学习的好榜样,就是永远值得尊敬、学习的表率,懂吗?"

同学们还是你看看我,我看看你,没一个人举手回答。

"万世师表指的是孔子,孔子曾经说过:'不打不成器',这句话你们可要牢牢记住。"

班上的同学都在想:怎么被打了这么多年,还不成器呢?

孔劳的嗓门大,说起话来像在吵架。他说他曾当过兵,还在军队中担任过教官。

不过,他很会讲故事,讲起故事时,就像在舞台上唱戏一样,爱比手画脚,十分引人注目。

孔劳讲完《万世师表》的孔子后,便讲《孟子》,"孟母三迁"啦,"孟母断机"啦,同学们听得入神。之后,他又讲"司马光破缸救人""孔融让梨""精忠报国""囊

tunjuk gaya dengan melibas atas meja, pandai saja marah orang, sebagai seorang cikgu tetapi berperangai begini, adakah kualiti cikgu sebegini sahaja? Rupa-rupanya, siapa-siapa sahaja pun boleh jadi cikgu.

Bebelan itu sampai ke pendengaran Cikgu Kong lalu menuding jari ke arah Du Gong, "apa yang kau kata?"

Du Gong jawab, "*I* kata *you* ni hanya tahu marah-marah."

Cikgu Kong dengan pantas berada di sisi Du Gong, "ulang apa *you* kata?"

Du Gong berdiri tegak dan ketinggiannya itu mengejutkan Cikgu Kong kerana melepasi ketinggian Cikgu Kong.

"Dahlah lapan tahun belajar di sini, dipukul dimarah cukup genap lapan tahun. Pandang kau pegang rotan, pandang gaya kau marah-marah, dijangka dah tahun ke sembilan ini juga tidak senang. Baik saya balik kampung saja, tolong ayah jaga ladang getah, siapa mahu diseksa di sini lagi!"

Selepas itu, dia mengemaskan barangnya. Melambai tangan tanda isyarat jumpa lagi

"烂番薯班"的孔老师
Cikgu Kong dan Kelas Ubi Keledek

萤夜读""二十四孝"……

孔劳无时不带着长鞭,而且常常无缘无故地突然啪地打在桌面上,但就是从不鞭打学生。

这"烂番薯班"的学生上孔劳的课,居然没一个迟到的,那不是因为怕他的长鞭,而是担心听不到故事的开头。

虽然孔劳的脸型有点丑,但是班上的同学似乎越来越喜欢他了。农历新年元旦,李小珠和几个同学还结伴到学校宿舍去给他拜年。

农历新年假期结束后的第一天,"大头鱼"杜贡突然出现在班上。全班的同学都感到惊奇,团团把他围在中央。

"是你爸爸逼你回来的?"李小珠问道。

杜贡摇摇头。

"是你妈妈求你回来的?"

杜贡又摇摇头。

"那你说,到底是怎么一回事?"

ditujukan kepada ketua kelas. Kemudian berkalih pandang kepada Cikgu Kong dan berkata, "semua orang panggil saya Ikan Kepala Besar, mereka kata saya kepala besar sebab bijak, tapi sekolah ini menghimpunkan terlalu ramai pengajar jenis kamu, marah saja tahu, pukul saja tahu. Biarlah semua pelajar jadi bodoh saja di bawah seliaan jenis kau ni."

Cikgu Kong memandang kosong pada tingkah laku Du Gong yang keluar dari kelas tanpa apa-apa tindakan yang sepatutnya diambil, *piakkk!* Sekali lagi rotan melibas di atas meja. "Kecoh pula kali ini dia, samseng betul Si Keledek ni!"

"Pergilah, berambuslah, janji jangan rosakkan reputasi sekolah."

Selepas itu, Cikgu Kong bertanya lagi, siapa lagi mahu ikut si Ikan Kepala Besar itu.

Seketika kebisuan menghuni kelas, membenarkan Cikgu Kong memulakan kelas. "Baiklah, marilah kita belajar bab satu, Maha Guru, siapa tahu apa itu maha guru?"

Semua murid pandang-memandang, entahlah mana nak cari jawapan.

"年初二，他忽然到我家来。"杜贡压低嗓子说。

"谁？"李小珠问。

"副校长孔劳。"

"他到你家干吗？"

"向我爸爸妈妈拜年，还给我一个红包。"杜贡说，"过后，他和爸爸妈妈说了很多话。"

"后来呢？"

"爸爸妈妈都很感动。"杜贡继续说，"他离开后，妈妈红着眼对我说，有这么好的老师，你还不去上课，太可惜了！爸爸说，他说的对，将来，不识字是不行的，像我们只能留在橡胶园里……"

"我明白了，是他要你回来的。"李小珠说，"你应该回来的。日后，相信你会和我们一样喜欢上他的课。"

杜贡脸上泛起了一个苦笑。

同学们异口同声地说："欢迎'大头鱼'回到'烂番薯班'！"

"Para maha guru yang baik disanjungi dari generasi turun-temurun. Mereka merupakan teladan bagi orang lain, selama-lamanya disanjungi, disayangi, dihormati, faham?"

Semua murid masih bertemankan kebisuan, sambil pandang-memandang, tidak ada seorang pun ingin mengangkat tangan dan memberi jawapan.

"Maha guru itu ialah Confusius, Confusius itu pernah berkata, tidak mengajar dengan tegas, tidak akan jadi acuannya. Ingatlah kesemua ini."

Semua anak murid masih ragu, mengapa sudah bertahun-tahun marah-marah, rotan-rotan, masih tak jadi acuan kita semua ini?

Cikgu Kong menjerit lagi, layaknya memulakan pergaduhan. Dia berkata, dia bekas askar, merupakan komander jua.

Pandai dia bercerita, seperti penyanyi di atas pentas, gerak kaki tangan, cukup menarik gaya penceritaannya.

Selepas Cikgu Kong menerangkan apa itu maha guru, giliran Meng Tzi pula diceritakannya. Cerita ibu Meng Tzi berpindah rumah tiga kali demi kebaikan anaknya, juga cerita ibu Meng

"烂番薯班"的孔老师
Cikgu Kong dan Kelas Ubi Keledek

Tzi yang terputus anyamannya, sesudah itu bercerita pula kisah si Ma Guang pecahkan bekas air demi menyelamatkan orang, cerita Kong Rong memberikan buah pear kepada adik-beradik, cerita seseorang itu mengumpulkan kunang-kunang demi mendapat cahaya untuk membaca dan juga 24 cerita mengenai anak taat kepada ibu bapa.

Cikgu Kong sentiasa membawa rotannya setiap masa dan saat, dan melibaskan rotan di atas permukaan meja sesuka hatinya, tetapi dia tidak pernah merotan sesiapa.

Selepas kejadian itu, tidak ada sesiapa lagi dari kelas Ubi Keledek lewat datang kelas. Bukan tunduk kerana rotan tetapi tidak sanggup pula terlepas cerita Cikgu Kong dari awal cerita.

Walaupun Cikgu Kong nampak ada sedikit hodoh, tetapi rakan sekelas semakin suka pada beliau. Pada hari pertama Tahun Baharu Cina, Li Xiao Zhu bersama beberapa rakan sekelas membuat kunjungan ke asrama sekolah di mana Cikgu Kong tinggal.

Pada hari keesokan cuti Tahun Baharu Cina tamat, Ikan Kepala Besar iaitu Du Gong tetiba hadir di dalam kelas. Semua orang berasa terkejut dengan kehadirannya. Sambil mengelilingi dia sehingga dia berada di tengah-tengah orang ramai.

"Bapakah yang memaksa kamu balik ke sekolahhh?" Li Xiao Zhu bertanya.

Du Gong menggelengkan kepalanya.

"Ibukah yang merayu kamu balik ke siniii?" Du Gong menafikan lagi.

"Cepatlah cakap, apa yang telah berlaku?"

"Hari kedua Tahun Baharu Cina, dia datang ke rumah *I*." Du Gong berkata dengan nada yang rendah.

"Siapa tu 'diaaaa'?" Li Xiao Zhu bertanya.

"Guru penolong kanan kita, Cikgu Kong."

"Buat apa pula dia pergi ke rumah kauuu?"

"Dia buat kunjungan ke rumah *I*, ucapkan Selamat Tahun Baharu Cina dan bagi *I Angpau*." Du Gong berkata lagi. "Selepas tu, lama perbincangan dia dengan ibu bapa *I*."

"Kemudian, apa yang berlakuu?"

"Ibu bapa *I* sangat terharu."Du Gong bertambah lagi.

"Selepas dia tinggalkan rumah *I*, ibu *I* sambil bercakap sama saya sambil menangis-nangis, cikgu yang sebaik ini sayangnya kamu tidak tahu menghargai dia, tidak mahu pergi ke sekolah!"Bapa saya juga berkata, "Betul juga apa beliau kata, jika buta huruf, seperti ibu bapa kamu hanya ladang getah je yang kau mampu singgah…"

"Saya faham dah, rupanya dia yang mahu kamu balik ke sekolah." Li Xiao Zhu berkata. "Betul juga, memang kamu patut sambung belajar, percayailah lama-kelamaan kamu akan suka sama kelas Cikgu Kong seperti kita."

Muka Du Gong terukir senyuman yang agak 'pahit', rakan-rakan sekelas dia bersama-sama menyambut kehadiran Du Gong dengan berkata "Selamat kembali ke sekolah, selamat balik ke kelas Ubi Keledek! Si Ikan Kepala Besar."

彩虹蛋

Telur Pelangi

潘芳玲

Phan Fon Lin

不知过了多久，久得颈椎都酸了，林雅彦才逼迫自己的视线离开手中的书本，抬起头活动一下脖子。而后，他才察觉整个学校的候车亭早已没人了——除了站在不远处的警卫伯伯。

奶奶不知怎么的，都已经傍晚六点了还没出现。林雅彦看着手表，心里忍不住嘀咕。

"噗噗噗……"终于，奶奶骑着老旧的摩托车，慢腾腾地朝他

Entah berapa lama sudah berlalu, sehingga leher pun berpeluh masam, akhirnya Lin Ya Yan memaksa diri menggerakkan leher setelah sekian lama menekuni buku dalam pegangan. Baru disedarinya sudah tidak kelihatan seorang pun di perhentian itu kecuali hanya seorang penjaga, pak cik.

Entah mengapa nenek masih belum memunculkan diri walaupun waktu sudah menunjukkan pukul 6.00 petang. Lin Ya Yan melirik jam tangannya, berbisik dalam hati.

'Pu… pu… pu…'akhirnya muncul

的方向驶来。"怎么那么慢？学校都没人了，你想要我被别人捉了吗？"林雅彦不满地嚷嚷。

奶奶疲惫地望了他一眼，淡淡地吩咐："上车。"似乎林雅彦的抱怨不曾发生过。

林雅彦合上书，气呼呼地骑上摩托车，嘴巴像鸭子般喋喋不休地重复他的不满。奶奶充耳不闻地骑着摩托车，朝家的方向驶去。

夕阳下缓缓移动的身影，让四周更显萧索……

吃过晚饭，林雅彦如往常一般帮奶奶分类今天捡回来的垃圾。垃圾堆中，一个灰扑扑、鸡蛋形状的玩具吸引了林雅彦。他鬼使神差地捡起它，好奇地把玩着。

奶奶躺在那张破旧不堪的躺椅上，轻轻摇动扇子，眼神呆滞地望着屋檐，又仿佛望着没被屋檐遮挡的天空，沉默得让林雅彦不想跟她说话。他再看看手中的

nenek yang bermotosikal tua, sedang bergerak perlahan-lahan ke arahnya. "Mengapa lama sangat? Semua orang pergi dah. Nenek, kamu tidak takutkah saya diculik orang?" Lin Ya Yan menegur nenek dengan intonasi yang menunjukkan ketidakpuasannya terhadap kelewatan nenek.

Nenek longlai memandang Lin Ya Yan, keletihan. Berkata kepadanya, "jom, naik." Seolah-olah cucunya itu tidak pernah mengadu apa-apa.

Lin Ya Yan menutup buku yang sedang dibaca, membonceng motosikal nenek dengan perasaan marah, mulutnya tidak sudah-sudah mengulangi aduannya kepada nenek. Nenek bertindak seperti tidak mendengar apa-apa, terus menunggang motosikal menghala jalan pulang ke rumah.

Di bawah bayangan matahari terbenam, suasana persekitaran menjadi semakin memedihkan.

Usai makan malam, Lin Ya Yan meneruskan rutin menolong nenek mengasingkan sampah

玩具,决定把它占为己有。

夜凉如水,林雅彦冲凉后,就开始做功课。他把所有书本摊开,再小心翼翼地摆弄一下那灰扑扑的玩意儿后,就开始埋头苦干。偶尔,他仿佛被点穴般抬头望着那玩意儿发愣。直到自己不知不觉地陷入黑甜的梦里——

突然,林雅彦如被芒刺戳到一般弹跳起来,接着他瞪着桌上的那玩意儿——它、它、它居然动了!

"哎哟哟,小朋友。你好啊!"那——那"鸡蛋"居然说话了!林雅彦吓得不轻,想尖叫但发不出声,想逃跑,但四肢僵在原地,只能像木头人似的瞪大眼睛看着那"鸡蛋"开始裂开——噢,不!是被那"鸡蛋"里头的不知名生物啄开一片蛋壳,露出一片如红宝石般耀眼的光芒。

"哎哟哟,你别怕,我是五色石,你也可以叫我彩虹蛋。哎哟哟,你别瞪我了,不然等下你的眼

yang dikumpulkan oleh neneknya. Di dalam kelompok sampah-sarap yang dikumpulkan itu, terdapat satu alat permainan berwarna kelabu, berbentuk telur menarik perhatiannya. Dia mengutip telur tersebut, menelitinya seraya memainkan alat permainan itu.

Nenek tidur di atas kerusi yang sudah rosak, perlahan-lahan menggerakkan kipas yang dipegangnya.Matanya melilau bumbung, seolah-olah menembusi bumbung dan sampai ke langit. Suasana sunyi membuat Lin Ya Yan tidak ingin bercakap dengan neneknya. Dia kembali pada alat permainan dalam genggaman, mengambil keputusan menyimpan alat permainan ini untuk dirinya.

Cuaca malam sejuk seperti ais, selepas mandi Lin Ya Yan mula membuat kerja rumahnya. Dia memaparkan kesemua kerja rumah sesudah memainkan alat permainan yang sekarang jadi hak miliknya, barulah dia menumpukan perhatiannya menyiapkan kerja rumah. Ada kalanya,pergerakannya seperti dihentikan dan hanya mampu merenungi telur itu, sehingga dirinya tertidur tanpa disedari.

彩虹蛋
Telur Pelangi

珠要变弹珠了。"那自称彩虹蛋的五色石坏坏地说道。

"哎哟哟,看你一脸懵懂,我就好心跟你介绍一下自己吧。我呀,是女娲补天用的五色石。最近人间乌烟瘴气,熏得我族晕乎乎的。结果我们就来了场斗嘴比赛,输了的就下凡间进行撒爱行动。我嘴笨,结果就下凡间来咯。"

"哎哟哟,你要是不信哪,那就当作没看过我,把我扔到草堆里去,我再去找有缘人。"彩虹蛋见林雅彦满脸不信,只好说道。

林雅彦的身体神奇地恢复正常了。他立刻上前,想抓起彩虹蛋,往窗外扔。不料,手一碰到它,就像被火烫着一般,立马缩回。"你、你……骗人。"林雅彦吓得结巴起来。

"哎哟哟,话不能这样说。难得你遇见我,还成功启动我跟你的盟约,总得让我展现一下价值,你才好

Tiba-tiba Lin Ya Yan terbangun dari tidur seperti ditikam oleh sesuatu.Rupa-rupanya 'dia' itu sedang bergerak!

"Aiyoiyoi, kawan, apa khabar?" telur… telur itu bercakap seperti manusia! Lin Ya Yan terkejut dan tidak dapat melontarkan jeritan walaupun dia berusaha berbuat demikian. Badannya kaku dan dia tidak dapat lari ke mana-mana. Lin Ya Yan hanya mampu berdiri di tempat asal seperti patung kayu yang terpaku di lantai. Telur itu mulai pecah, oh, tidak, telur itu sebenarnya dipecahkan oleh seekor makhluk yang bernyawa. Muncul sinaran yang menyakitkan mata dari telur itu.

"Aiyoiyoi,jangan kamu takut, saya batu berwarna lima. Kamu boleh panggil saya batu Pelangi. Aiyoiyoi, jangan kamu merenung saya dengan begitu saja, nanti mata kamu akan menjadi guli." Batu berwarna itu berkata dengan nakal.

"Aiyoiyoi, mengapa pandangan kamu penuh dengan persoalan, biarlah saya memperkenalkan diri. Saya adalah batu yang digunakan oleh

决定我的去留嘛!"彩虹蛋讨好道。

"哎哟哟、哎哟哟,功课一大摞。"

"哎哟哟、哎哟哟,我呼一口气。"

"哎哟哟、哎哟哟,你花一分钟。"

"哎哟哟、哎哟哟,高山夷成地。"

只见,彩虹蛋念了一遍乱七八糟的咒语。下一秒,一阵轻风飘过,翻动了书桌上的书。林雅彦颤抖着双手,轻轻地翻阅功课——太可怕了!功课全部完成了!须臾间,林雅彦的大脑中有一道光闪过——刚才的功课"打印"进他的脑海了。这、这仿佛就像他自己完成功课一样,思路清晰。

"哎哟哟,小朋友。我是不是很好使唤呢?"彩虹蛋沾沾自喜地说道。

"等等!天下没有白吃的午餐。你要从我身上拿走什么作为代价?还有、还有,你刚才说我'启动你',这句话是什么意思?"林雅彦狂喜一阵,恢复了冷静后质问道。

Dewi Nv Wa untuk menampal langit. Baru-baru ini alam manusia menjadi semakin teruk dan memeningkan saya. Akhirnya saya dikalahkan dalam satu pertandingan pertempuran yang diadakan. Sesiapa yang dikalahkan perlu turun ke alam manusia dan menjalani aktiviti penyebaran kasih sayang di sini. Akhirnya saya yang tidak pandai bergaduh ni diturunkan ke sini."

"Aiyoiyoi, jika kamu tidak percaya, sila anggap kamu tak pernah melihat saya. Sila buangkan saya ke ladang, biarlah saya cari orang lain yang boleh membantu." Nampaknya Lin Ya Yan tidak mempercayainya, terpaksa Telur Pelangi berkata sebegitu.

Badan Lin Ya Yan kembali ke bentuk asalnya dan ini merupakan satu kejadian yang cukup misteri. Dia bergerak dengan pantas ke depan dan ingin membuang Telur Pelangi itu ke luar tingkap. Tiada siapa tahu, baru sahaja tangan menyentuh telur, telur itu membara seperti api dan menyakitkan tangannya. Sepantas kilat dia menarik tangannya. "Kamu, kamu ni penipu!"Lin Ya Yan terkejut dan gagap.

"Aiyoiyoi, kamu tidak bolch bcrkata

彩虹蛋
Telur Pelangi

"哎哟哟，都说了散播爱嘛！我当然不求回报的。但你一定要把我给你的爱散播出去。呃，这算是条件吧！至于说启动我跟你的盟约嘛——就算我那么不起眼，你还是忍不住一直望着我。只要你不停望着我超过三分钟，就会启动我跟你的盟约。"彩虹蛋一边说，"脑袋瓜"上的红宝石光芒一边闪耀，有趣极了。

林雅彦定定地望着它，仿佛用了一个世纪的时间，又仿佛一瞬间就下了决定，说："好吧，我接受与你的盟约。"

下一秒，一张发光的信笺落在林雅彦的眼前，信笺上写着：

"我林雅彦与彩虹蛋在此立下盟约，允许彩虹蛋留在我身边，帮助我找到人生真谛，并答应彩虹蛋把爱散播出去。"

啾、啾、啾——

欢快的鸟鸣唤醒了林雅彦。

demikian. Bertemu dengan saya adalah peluang yang baik, biar saya tunjuk kehebatan saya terlebih dahulu sebelum kamu memutuskan menghalau saya."Telur Pelangi berkata.

Aiyoiyoi, kerja rumah begitu banyak.

Aiyoiyoi, biar saya menghembus nafas.

Aiyoiyoi, sila guna satu minit.

Aiyoiyoi ratakan bukit jadi tanah rata.

Selepas pembacaan jampi yang huru-hara, angin sepoi-sepoi bertiup, menyelit masuk ke dalam helaian buku. Lin Ya Yan bergetar menyemak kerja rumah, hebatnya!Kesemua kerja rumahnya telah siap. Tiba tiba, otaknya seperti mengimbas masuk kesemua kerja rumahnya, seolah-olah dia sendiri yang menyiapkannya.

"Aiyoiyoi, adakah saya ni sangat berguna?" Telur Pelangi bertanya dengan riang.

"Sila tunggu, tidak ada sebarang benda yang percuma dalam dunia ini, apa benda yang kamu akan ambil daripada saya sebagai balasan? Dan, apa maksud kamu tadi yang berkata saya telah merangsang operasi kamu, apa maksudnya?"Ketenangan mengambil

他迷迷糊糊地起床，思绪一连接到昨晚似梦非梦的记忆，瞬间清醒了，他冲下床，拿起那灰扑扑的玩意儿，仔细琢磨了一番。脑袋仿佛很清楚昨天跟它的对话；眼睛看见的却是重回原形的玩意儿，一时间不知该相信脑袋里的记忆还是眼前的事实。

"阿彦，快点出来吃东西，不然你就要迟到了！"门外传来奶奶的呼唤。林雅彦随手把玩意儿塞进书包。打理好自己就出门了。

林雅彦一踏进教室，原本热热闹闹交谈着的同学瞬间停住。大家看了一眼他，又继续投入刚才的话题。身材高瘦的林雅彦如往常一般坐到课室的最角落，安安静静地等组长来收作业。组长彭雪梨外形甜美，皮肤白皙，每次跟他收功课都会甜甜一笑，让他如沐春风。彭雪梨是班上最善良的女孩，班上许多男生都偷偷喜

alih kegembiraan Lin Ya Yan yang bersifat sementara itu.

"Aiyoiyoi, saya sudah beritahu, saya ingin menyebarkan kasih sayang! Saya tidak meminta sebarang balasan, tetapi kamu perlu menyebarkan kasih sayang yang diterima daripada saya kepada orang lain. Itu saja sebagai balasan, inilah perjanjian antara kita berdua, kerana kamu barulah saya dapat berfungsi, walaupun saya kelihatan biasa-biasa saja, tapi kamu masih merenung kepada saya. Cara mengaktifkan saya ialah merenung saya lebih dari 3 minit, dan itulah perjanjian antara kita berdua ini."Batu delima di atas kepala Telur Pelangi berkelip-kelip ketika bercakap, sangat menarik perhatian orang.

Lin Ya Yan seolah-olah mengambil masa 100 tahun, walaupun sebenarnya dia hanya mengambil masa sekejap sahaja untuk membuat keputusan dan berkata, "baiklah, saya terima perjanjian antara kita berdua itu."

Selanjutnya sepucuk surat berkilat muncul di depan matanya, tertulis kesemua syarat-syaratnya:

彩虹蛋
Telur Pelangi

欢她,林雅彦也不例外。

"雅彦,你的功课做完了吧?我要清算咯。"彭雪梨轻轻地说,手指不小心碰到林雅彦。两人如有电击般弹开手。这一幕恰巧被班上的"小霸王"——张正宏看见了。

"林雅彦,你完蛋了!你非礼彭雪梨!"原本不值一提的碰撞,在张正宏的夸大其辞下,众人仿佛闻到了八卦的味道,纷纷探头看热闹。

"你说什么?!"林雅彦不知道是恼羞成怒还是有口难辩,他站起身,用力推了张正宏一把。后者万万没料到平日龟缩成一团的人会推自己,导致本能地往后退了两步。这瞬间点燃了他"小霸王"的性格,冲上前就要狠狠地揍林雅彦一顿。

下一秒,班上乱作一团——直到班主任黄老师出现。

放学时分,双方家长被叫到学

"Saya Lin Ya Yan dan Telur Pelangi membuat perjanjian, saya membenarkan Telur Pelangi berada di sisi saya, membantu saya mencari makna kehidupan, dan saya berjanji akan menyebarkan kasih sayang yang diterima kepada orang lain."

Jiu…jiu…jiu…

Nyanyian burung mengejutkan Lin Ya Yan. Dia bingkas dari katil dalam keadaan tidak sedarkan diri. Dia mengenangkan apa yang berlaku semalam itu benar atau hanya khayalan. Tiba-tiba dia teringat sesuatu dan lari mencari telur yang berwarna kelabu itu. Dia masih ingat dengan jelas semalam dia bersembang dengan telur ini, tetapi apa yang ada di depan mata hanya telur biasa sahaja, dia mula meragui apa yang patut percayai, pada ingatannya atau kenyataan di depan mata.

"Ah Yan, cepat keluar dan makan, sudah lewat kamu ni." Pelawaan nenek kedengaran dari luar pintu. Lin Ya Yan memasukkan telur kelabu ke dalam begnya, kemudian berkemas sebelum pergi ke sekolah.

Lin Ya Yan melangkah masuk ke dalam

校。当事人被训得灰头土脸。奶奶僵着脸,不停地跟对方母亲哈腰道歉。事情就此告一个段落。林雅彦默默地跟随奶奶走出校园。走着走着,奶奶突然转身,林雅彦顿了一下。下一秒,奶奶反手一记耳光往他的脸上呼去——

"啪!"那记耳光又快又狠,林雅彦被打蒙了。奶奶布满皱纹的脸庞颤抖着,双眼通红。林雅彦自知理亏,再怎么不甘也不敢回嘴。

"好,很好。既然你那么有力气打架,今晚就不必吃饭了。"奶奶冷冷地瞪着他说。

安宁静谧的夜晚,林雅彦因为饥饿难耐,在床上辗转许久,好不容易才睡着。睡着前,他还纳闷那自称"彩虹蛋"的玩意儿怎么没出来保护他,不是说很好使唤的吗?

昏昏沉沉间,那灰扑扑的玩意儿再次裂开了。这次不只有红

kelas. Rakan kelas memandangnya sekilas sebelum meneruskan topik perbualan mereka masing-masing. Dia yang kurus dan tinggi duduk di barisan yang paling belakang, mendiamkan diri sementara menunggu kedatangan ketua kumpulan mengutip kerja rumah.

Ketua kumpulan merupakan seorang yang cantik dan berkulit putih, namanya Peng Xue Li. Setiap hari dia melayangkan senyuman manis kepada Lin Ya Yan setiap kali meminta kerja rumah. Peng Xue Li merupakan gadis yang paling baik hati di dalam kelas, ramai yang suka kepadanya, Lin Ya Yan juga tidak berkecuali.

"Lin, Sudah kamu siapkan kerja rumah kamu? Saya mula mengira ni." Peng Xue Li bertanya kepada Lin Ya Yan tetapi jemarinya tidak sengaja tersentuh rakannya itu. Kedua-dua seperti terkena kejutan elektrik, jemari kedua-duanya saling menolak dengan pantas, dan si buli yang bernama Zhang Zheng Hong menyaksikan kejadian itu.

"Lin Ya Yan, habis dah kau ni! Kamu mencabul Peng."Perkara yang tidak sepatutnya disebut sekarang menjadi tuduhan pula. Si

彩虹蛋
Telur Pelangi

宝石的光芒，还有琥珀色的光芒缓缓地流淌出来。林雅彦入定般望着那两道光，进入了一个奇幻的境地——

林雅彦用力睁开眼睛，发现自己躺在柔软的单人床上。房门紧紧闭着，却关不住门外可怕的尖叫声、哭泣声、打骂声。他伸手一碰，自己的脸颊全是泪水，心口疼得说不出话来……

来不及再深入感受，林雅彦又被吸进一道蓝光，进入了另一个奇幻之境——

他睁开眼睛一看，发现自己躺在一张特大的床上。他起身一看，四周的装潢让他眼前一亮。遥控模型、高清电视、满书橱的漫画……这一切简直是他梦想中的小天地啊！但不知怎么，他的心酸酸的，一点快乐的情绪都没有，甚至有点暴躁。

他下了床，打开房门，下楼

buli menjerit-jerit, mengundang orang datang berkerumun melihat apa yang berlaku.

"Kamu ni mengumpat apa?" Lin Ya Yan sangat marah lalu menolak si buli. terkejut si buli kerana Lin Ya Yan yang pengecut itu sudah berani menolaknya pada hari ini. Si buli tiba-tiba marah lalu ingin memukul Lin Ya Yan dengan sekuat-kuatnya.

Semasa keadaan menjadi kelam-kabut, cikgu Huang sudah sampai ke kelas.

Usai kelas, penjaga kedua-dua pihak dipanggil ke sekolah. Kedua-duanya dimarahi oleh pihak sekolah dan penjaga mereka. Nenek bermuka masam dan terus-menerus meminta maaf kepada ibu bapa si buli. Perkara ini ditangguhkan buat sementara. Lin Ya Yan membuntuti neneknya keluar dari sekolah, sambil berjalan sambil dia mendiamkan diri, tiba-tiba nenek memberikannya satu tamparan.

Piak! Tamparan itu begitu pantas dan ganas. Lin Ya Yan pening. Tubuh nenek yang sudah tua itu menggeletar seraya menangis. Lin Ya Yan sedar akan kesalahannya, dia tidak berani membalas apa yang dikatakan oleh neneknya.

探望。他简直不敢相信自己的眼睛——他是与王子交换了灵魂吗？瞧，那水晶灯，那复式楼梯，那感觉像皇宫的客厅，简直美呆了！脑子不停地赞叹着金碧辉煌的屋子，心却越来越空落落的，仿佛失去了什么珍贵的东西。

不知为什么，林雅彦转头一看，一道紫光牵引着他，把他拉进另一个空间——

"哇、哇——"幼儿的啼哭声吸引了他，全身酸痛的他循着婴儿的啼哭声走去。终于，他在草丛里找到一个塑料袋。他颤抖着双手，轻手轻脚地打开塑料袋一看——那小小的婴儿哭得快岔气了。他眼睛酸涩得厉害，轻轻地把婴儿从塑料袋里捧出来，抱进怀里。那小小的一团不知道是哭累了，还是安心了，居然握住那停留在他脸上的手指，睡着了。那一刹那，两行眼泪不由自主地

"Baik, sangat baik. Kamu ni ada tenaga bergaduh dengan orang lain, tak payahlah makan malam hari ini."Nenek bersuara dengan tegasnya.

Pada sebelah malam yang sunyi, Lin Ya Yan tidak berdaya menahan kelaparan, dia berguling-guling di atas katil, dan akhirnya tertidur juga. Sebelum tidur, dia terfikir mana perginya Telur Pelangi yang berkata akan memberi perlindungan kepadanya, bukankah katanya dirinya sangat berguna?

Dalam keadaan yang tidak sedarkan diri, telur kelabu pecah dengan tiba-tiba. Kali ini terpancar cahaya delima, ada juga warna ambar. Lin Ya Yan mengamati pancaran cahaya lalu masuk ke satu alam yang cukup bermisteri.

Sebaik celik, Lin Ya Yan mendapati dirinya berada di atas katil yang lembut. Pintu bilik tertutup rapat, tetapi tidak dapat menghalang jeritan ngeri, suara tangisan dan suara pergaduhan dari luar pintu. Dia meraba-raba wajahnya dan mendapati bahawa dia sedang menangis, hatinya terlalu sakit sehingga tidak dapat berkata apa-apa.

彩虹蛋
Telur Pelangi

滑落下来——

"宝宝啊,我可是穷鬼一个,又满身病痛。既然你选了我,就只好学会吃苦喽。"他一边低低地说道,一边稳稳地抱住婴儿。"你呀,一定是老天可怜我和我那还没来得及出生就走了的孩子,送来的礼物。"说毕,他顿了一下,喃喃道:"雅彦,你就叫林雅彦吧。这原是我儿子的名字啊……"

望着宝宝的脸,他低头轻轻地吻了宝宝的脸蛋,然后他又猛地被一道绿光吸走了!

"哎哟哟,醒了啊?"既熟悉又陌生的说话声,让还没回过神的林雅彦瞬间清醒了。他转头看向书桌。只见那灰扑扑的玩意儿变成了散发出五种颜色的水晶石人偶。

"你、你、你就是彩虹蛋的原形?"林雅彦从未见过那么漂亮的水晶,就连电影中的钻石都没有它的万分之一漂亮。

Belum sempat merasai kesakitan yang lebih mendalam lagi, dia telah dibawa masuk ke dalam satu pancaran cahaya berwarna biru, melangkah ke satu alam yang juga bermisteri.

Sebaik celik, dia terlantar di atas satu katil yang cukup besar. Dia bangun dari katil dan mendapati bilik itu dipenuhi dengan model yang boleh dikawal, TV *HD*, komik yang memenuhi satu rak buku...kesemua ini merupakan bilik idamannya! Tiba-tiba, entah mengapa, dia berasa sedih, tidak mempunyai sedikit pun rasa gembira, malahan wujud sedikit panas baran.

Dia turun dari katil, menyelak pintu bilik, lalu turun ke tingkat bawah dan cuba meninjau. Dia tidak percaya akan apa yang dialaminya. Adakah dia telah bertukar identiti dengan putera dari satu negara lain? Melilau sekeliling, lampu kristal, tangga dupleks, ruang tamu yang besar umpama istana. Cantik sekali! Dia cukup kagum dengan semua ini, sebuah rumah yang kelihatan begitu gemilang dan kaya-raya. Tetapi hatinya masih terasa penuh dengan kekosongan, umpama kehilangan sesuatu yang cukup bermakna dan bernilai dalam hidupnya.

"哎哟哟,你看得我都脸红了,怪难为情的。"水晶石人偶坐在桌边,摇头晃脑,还作害羞状地地说道。

"彩虹蛋,我就想问你,当初我们定下盟约时,你展现过你的魔力让我认同你。但今天为什么我遭遇那么多事,你却袖手旁观呢?难道你不是来帮助我的?"林雅彦不满地埋怨彩虹蛋——他一直以为他得到一件像哆啦A梦这样的神助攻,能帮他一路高歌,到达人生巅峰。

"哎哟哟,小朋友。昨晚帮你做功课是我要留住你的小计谋。要是你以为我跟你定下盟约是为了帮你攻无不克的话,那你就想岔了。你仔细想想,如果我不停地让你不劳而获,你将来真的会有成就吗?成就从来就不属于懒惰的人呀。而且,我们的盟约是让你明白人生真谛,又不是让你飞黄腾达。"

Entah bagaimana, tiba-tiba dia berpusing dan menyaksikan, terdapat satu pancaran cahaya berwarna ungu menariknya ke satu ruangan lagi.

'Wa… wa… wa…'tangisan bayi menarik perhatiannya. Lin Ya Yan berasa kesakitan menyerang seluruh tubuhnya, tetapi dia masih mencari sumber tangisan bayi. Akhirnya dia menemui satu beg plastik. Dengan tangan yang bergetar-getar, dia membuka beg plastik itu dan mendapati seorang bayi yang hampir lemas di dalamnya. Perasaannya mahu menangis pada saat itu, dengan lemah lembut dia mengeluarkan bayi itu dari beg plastik. Bayi itu mungkin terlalu letih atau mengantuk, mungkin juga berasa selamat, lalu bayi itu memegang jarinya yang ketika itu membelai wajah, sebelum tertidur. Pada saat itu, dia tidak dapat menahan air mata lalu mengalir dari kelopak mata.

"Sayang oh, sayang, saya ni hanya seorang yang miskin dan tidak sihat juga. Jika kamu telah memilih saya sebagai penjaga kamu, maka terpaksalah kamu hidup bersama saya dalam kemiskinan dan kesusahan." Dia menundukkan kepalanya ketika bercakap di bibir bayi itu, dan

彩虹蛋忍不住翻了一记白眼。

"我呀，确实是有任务的，而且没料到待在你身边一天就有机会让你明白人生真谛，真棒！瞧，你刚才看见的奇幻梦境才是我的重头戏呢。"彩虹蛋接着说。

"来来来，告诉我，你刚才有收获吗？"

林雅彦先是有点不高兴，感觉自己被骗了。但本性不坏的他想了想，又结合刚才能够进入别人的世界，顿悟到一些平时自己根本不可能理解的道理。他大彻大悟般用力点头。"谢谢你，让我明白人生真谛。"

"哎哟哟，说来听听。你明白什么了？"彩虹蛋淘气地问道。

林雅彦仔细想了想，低低地叙述："我的身体今天碰过三个人的手。原来他们看起来和他们的内心世界是完全不一样的。彭雪梨看起来甜美可爱，其实家庭破碎

bayi itu dipeluk erat.

"Kamu ni mesti kurniaan daripada Tuhan, atau pun kamu hadiah dari anak saya yang masih belum sempat dilahirkan itu sebagai penggantinya." Sesudah itu, dia berhenti buat seketika, dan berbisik dengan berkata, "Ya Yan. Nama kamu dipanggil sebagai Lin Ya Yan, baiklah. Ini ialah nama yang disediakan untuk anak lelaki saya yang telah meninggal itu…."

Sedang merenung muka bayi, dia memberi satu ciuman yang lembut. Dengan sekelip mata, dia dibawa pergi oleh pancaran cahaya berwarna hijau kali ini.

"Aiyoiyoi, sudah kamu sedar?"Suara yang dikira biasa tetapi sebenarnya begitu asing kepadanya kedengaran lagi.Tiba-tiba Lin Ya Yan tersedar dan melihat ke arah meja, telur berwarna kelabu pada masa ini sudah bertukar rupa menjadi patung kristal berbentuk manusia bercahaya lima warna.

"Kamu, kamu, adakah kamu Telur Pelangi yang bertukar rupa bentuk?"Lin Ya Yan tidak pernah melihat batu kristal secantik itu, delima yang muncul dalam tayangan di panggung pun

得可怕，但她还是很努力地对别人笑，想要温暖别人。张正宏那么有钱，那么霸道，他有了我渴望拥有的物质，但他一点也不快乐。"

"哎哟哟，小朋友，还有呢？我最想听最后一个人的内心故事了。"彩虹蛋咻咻笑道。

林雅彦缓缓地抬起头，望着彩虹蛋，压下内心的内疚，一字一句地慢慢说道："最后一个是我的奶奶。"说完这一句，眼泪就汩汩而出。

"原来，我是弃婴。是奶奶，奶奶捡回来的。"说到这里，他已经泣不成声了。

"哎哟哟，别哭别哭。我让你复习一下你未知的人生。这样你就可以好好学做一个不会抱怨、学会感恩的好孩子。我的撒爱行动才算完成。"

"哎哟哟、哎哟哟，小孩小孩跟我来。"

tidak setandingnya.

"Aiyoiyoi, kamu pandang-pandang buat muka saya sudah jadi merah, segan saya."Patung kristal duduk di tepi meja, menggeleng-gelengkan kepalanya, berkata dengan rupa yang cukup malu.

"Telur pelangi, saya ingin bertanyakan kepada kamu, semasa kita membuat perjanjian antara kita berdua, masa itu saya meyakini kebolehan kamu, apabila saya mengalami kesusahan, kamu tidak pernah cuba memberi bantuan, mengapa kamu tidak campur tangan? Bukankah tujuan kedatangan kamu untuk memberi bantuan kepada saya?"Lin Ya Yan menyalahkan Telur Pelangi.Dia menganggap Telur Pelangi akan memainkan peranan seperti *Doraemon*, sering kali memberi bantuan sehingga mencapai kegemilangan dalam kehidupannya.

"Aiyoiyoi, kawanku. Semalam saya membantu kamu buat kerja rumah, itu taktik yang dipakai oleh saya untuk mendorong kamu terus menyimpan saya di sisi kamu. Jika kamu berfikir saya akan membantu kamu membuat apa-apa saja, rasanya kamu sudah tcrsalah buat

"哎哟哟、哎哟哟，别人伤心你不知。"

"哎哟哟、哎哟哟，别人无助你不懂。"

"哎哟哟、哎哟哟，学会爱人人自爱。"

奶奶背着幼小的他捡汽水罐、洗碗、干粗活的一幕幕；奶奶无论多疲惫还是会哄他睡；奶奶从满脸笑容渐渐地变成生气唠叨，再慢慢变成几乎不跟他说话——而他从年幼贴心的幼稚脸蛋儿，渐渐变成爱顶撞奶奶，再慢慢变成只会不停抱怨的脸……

悔恨的泪水再次失控地滑落。林雅彦自言自语道："我明白人生的真谛了。人生的真谛就是爱——给身边人快乐，哪怕自己多么伤心，也要努力对别人笑；爱，不是物质可以替代的。物质的满足只会让人的内心更孤独。最重要的是——爱，是珍惜爱自

tanggapan terhadap saya. Cuba kamu fikir, jika saya membantu kamu terus mendapatkan sesuatu tanpa usaha kamu sendiri, adakah kamu boleh berjaya pada masa hadapan dengan cara sebegini? Kejayaan tidak pernah menyebelahi orang yang malas. Tambahan lagi, tugas saya ialah membantu kamu mencari makna dalam kehidupan dan bukannya menjadikan kamu kaya-raya."Telur Pelangi memberi satu pandangan yang menggambarkan dia hilang sabar.

"Saya ni, memang pun ada misi yang perlu disempurnakan. Saya tidak pernah jangka kamu akan memahami makna kehidupan ini dalam sehari. Hebat! Sila amati, alam misteri yang kamu alami tadi ialah tugasan utama saya." Tambah Telur Pelangi.

"Mari mari mari, beritahu saya, apa hasil kamu dapat tadi?"

Lin Ya Yan pada mulanya berasa tidak gembira, seandainya telah ditipu. Dahlah karekternya tidak jahat pada asalnya, selepas dia ulang berfikir, menyimpulkan dengan pengalaman tadi di mana telah mencecah ke

己的人。"

"哎哟哟,多棒的孩子!你要好好地记住你学到的人生真谛,将来必定成就非凡。记得我们的盟约!把爱传下去!"彩虹蛋瞬间化成闪闪的金粉,消失在空气中,赞美林雅彦的这句话也渐渐散去。

夕阳下,缓缓移动的身影渐渐靠拢。林雅彦抬起头,欢快地合上书,甜甜地叫道:"奶奶,今天辛苦了。"

"噗噗噗……"奶奶停下老旧的摩托车,疲惫地望了他一眼,眼角却弯弯地,对他说:"来,上车。"

林雅彦骑上摩托车后座,嘴巴像雀鸟般快乐地描述今天在学校的愉快琐事。奶奶含笑地骑着摩托车,朝家的方向驶去。

夕阳的彩云中,依稀还能看到彩虹蛋的轮廓……

dunia orang lain, maka baru dia sedar dengan sesuatu teori alam yang tidak dapat difahami oleh dia semasa berada dalam kehidupan yang begitu biasa-biasa sahaja. Dia menganggukkan kepalanya dengan sekuat yang mungkin. "Terima kasih, kerana membuat saya sedar dari makna sebenar kehidupan ini."

"Cuba kamu terangkan, apa yang kamu faham daripada pengalaman alam misteri tadi?"Telur Pelangi nakal bertanya.

Lin Ya Yan berfikir dengan teliti dan memberi keterangan dengan suara yang lembut.

"Saya telah menyentuh tangan tiga orang hari ini. Apa yang dilihat dari luaran dan dirasai dari dalamannya adalah tidak sama sepenuhnya. Peng Xue Li kelihatan comel dan cantik, tetapi dia berasal dari sebuah keluarga yang pecah belah, banyak masalah kekeluargaan. Sungguhpun begitu, dia masih berusaha senyum, memberi ketenangan kepada orang lain. Zhang Zheng Hong yang begitu kaya, suka membuli orang, dia menikmati segala kelebihan material, tetapi sebenarnya dia tidak gembira langsung."

"Aiyoiyoi, si sayang, ada lagi? Saya

ternanti-nantikan kamu menerangkan cerita orang terakhir yang kamu temui hari ini."Sahut Telur Pelangi seraya ketawa.

Lin Ya Yan mendongakkan kepala perlahan-lahan, memandang ke arah Telur Pelangi. Dia menahan rasa bersalah yang terpendam dalam hatinya, menerangkan perasaannya dengan lembut, "yang terakhir itu ialah nenek saya." Selepas mengakhiri ayat ini, air matanya terus mengalir.

"Rupa-rupanya saya bayi buangan. Nenek yang mengutip saya balik ke rumahnya." Sampai setakat ini, Lin Ya Yan menangis teresak-esak tanpa henti.

"Aiyoiyoi, jangan kamu menangis. Tujuan saya hanya memberi peluang kepada kamu membuat ulang kaji kepada kehidupan kamu yang tidak menentu, supaya kamu bertekad menjadi seorang yang tidak selalu menyalahkan orang lain, dan berubah menjadi seorang yang sentiasa bersyukur. Barulah usaha penyebaran kasih sayang saya ini dikira berjaya."

"Aiyoiyoi, aiyoiyoi, si sayang, sila datang ikut saya."

"Aiyoiyoi, aiyoiyoi, kesedihan orang lain kamu tidak tahu."

"Aiyoiyoi, aiyoiyoi, kesulitan orang lain kamu tidak tahu."

"Aiyoiyoi, aiyoiyoi, cuba belajar cara menyayangi orang lain juga."

Gambaran nenek mendukung Lin Ya Yan yang masih kecil ketika mengutip tin, mencuci pinggan mangkuk, membuat kerja kasar ditayangkan di depan matanya. Tidak kisah betapa letih nenek, nenek akan memujuknya tidur terlebih dahulu. Pada mulanya nenek selalu senyum dengannya, lama-kelamaan, senyuman menjadi kemarahan, dan akhirnya nenek tidak bercakap dengannya lagi. Lin Ya Yan pula, daripada seorang budak yang menyayangi nenek, menjadi seorang yang selalu menentang nenek, akhirnya menjadi seorang yang pandai mengadu.

Air mata penyesalan terus mengalir. Lin Ya Yan berbisik dengan diri sendiri, "akhirnya saya mengetahui apa makna kehidupan. Kasih sayang itu makna bagi sebuah kehidupan, memberi kegembiraan kepada orang ramai, tidak kiralah sebanyak mana kesusahan yang dialami oleh diri sendiri, kekal berusaha membawa senyuman kepada orang lain. Kasih sayang itu bukan sesuatu yang boleh digantikan dengan material. Kepuasan material hanyalah kegembiraan sementara dan selebihnya kesunyian. Yang penting, kasih sayang, sayang kepada yang menyayangi kita juga."

"Aiyoiyoi, budak yang pandai! Sila kamu ingat apa yang telah kamu belajar dan faham mengenai makna kehidupan, pada masa hadapan mesti kamu dapat mencapai kejayaan yang luar biasa. Ingat akan perjanjian kita! Teruskan berkasih sayang dan sebarkan!"Telur Pelangi itu bertukar menjadi debu emas di depan matanya, kemudian lesap dalam udara.Kata-kata pujian yang ditinggalkan oleh Telur Pelangi semakin menjauh.

Matahari sudah terbenam, gerak bayang semakin mendekat antara satu sama lain. Lin Ya Yan mendongakkan kepala, menutup buku dengan hati yang gembira.Dia menyapa nenek dengan ayat yang manis,"nenek, terima kasih nenek."

'Pu… pu… pu…' nenek menghentikan motosikalnya, memandangnya dengan pandangan yang penuh dengan keletihan tetapi masih tersenyum, "jom, naik."

Lin Ya Yan membonceng motosikal nenek, berkongsikan peristiwa yang gembira di sekolah pada hari itu. Nenek dengan gembiranya menunggang motosikal dan perjalanan pulang menuju ke rumah.

Matahari mengukir rupa bentuk Telur Pelangi, seakan-akan masih kelihatan oleh Lin Ya Yan.

马来短剑"基利斯"

Keris Melayu

佚 名

Yiming

马来人普遍喜爱使用的武器，是一种锋利无比的短剑，叫作"基利斯"。它的特色是剑身弯曲，作波浪形。普通的是七弯、九弯、十三弯；但也有三十一弯、四十七弯的。铸剑师必须严守一个最重要的规矩，就是剑身的弯数一定得是单数的，绝对不能是双数的。

马来人铸剑，最少要用两种以上的生铁。一把上等的马来剑，最少必须有七种生铁。据说民

Senjata yang selalu digunakan oleh orang Melayu adalah sejenis pedang pendek tajam yang dinamakan sebagai 'keris'. Keunikan keris ialah tulang keris berbentuk pola dan terdapat lok yang berliku-liku. Kebiasaanya terdapat tujuh, sembilan dan tiga belas liku. Ada juga terdapat tiga puluh satu lok dan empat puluh tujuh lok. Tukang keris Melayu akan menepati satu prinsip yang amat penting, iaitu jumlah lok keris mesti dalam angka ganjil, tidak boleh dalam nombor genap.

Tukang keris Melayu sekurang-kurangnya

族英雄汉都亚遗留下来的那把宝剑，就是用二十种以上的生铁铸成，其中一种生铁还是取自圣地麦加，因此，这把剑便成为历史上最宝贵的马来剑了。

曾经有一个时期，只有马来王朝的王公贵族才许佩剑，因此"基利斯"成为贵族的标志。不过，近一百年来，这种限制已经被打破。现在几乎每一个马来人，都有一把"基利斯"插在纱笼上。"基利斯"在古时是格斗的利器，现在则多用为装饰品。

由于铸剑的方法日新月异，现在，"基利斯"已有各种不同的样式。但是在马来人的心目中，只有满者伯夷形的"基利斯"才最有价值，这当然是因为它有了几百年历史。他们深信满者伯夷剑具有神力，能够镇邪驱魔，并且能保护主人事事平安。传说佩戴此剑入山，猛兽都要走避。它能

mesti guna lebih dari dua jenis besi mentah. Untuk menghasilkan sebilah keris Melayu yang bermutu tinggi, mesti menggunakan sekurang-kurangnya tujuh jenis besi mentah. Menurut legenda orang Melayu, keris peninggalan pahlawan Hang Tuah diperbuat daripada dua puluh jenis besi mentah. Antara besi mentah yang digunakan ada satu jenis berasal dari Makkah. Maka keris ini dianggap sebagai keris yang paling berharga dalam sejarah Melayu.

Ada ketikanya, hanya kerabat diraja dan bangsawan sahaja layak membawa keris. Pada masa itu, penggunaan keris sebagai satu simbol kerabat diraja. Tetapi seratus tahun yang lalu, sekatan yang hanya membenarkan kerabat diraja sahaja yang boleh menggunakan keris telah dimansuhkan. Pada zaman sekarang, hampir setiap orang Melayu memiliki sebilah keris berserta sarung yang berhias. Keris pada zaman dahulu digunakan sebagai senjata, tetapi pada masa kini ia hanyalah alat perhiasan sahaja.

Oleh kerana kaedah untuk membuat keris semakin maju, sehingga sekarang, pelbagai jenis keris telah dihasilkan. Walau bagaimanapun,

马来短剑"基利斯"
Keris Melayu

熄火,还能在夜间飞到千里之外,取了恶人的头颅,再飞回主人身边来!

dalam fikiran orang Melayu, hanya keris Majapahit merupakan keris yang paling berharga, ini disebabkan nilai sejarah ratusan tahun. Orang Melayu percaya pada kuasa mitos yang dimiliki oleh keris Majapahit, boleh menghalau jin dan menghalang syaitan, dan mampu melindungi tuannya, memastikan tuannya sentiasa selamat melakukan apa-apa sahaja. Dalam legenda orang Melayu, sesiapa yang menggunakan keris Majapahit, binatang akan mengelak daripada bertemu dengannya, dan keris Majapahit mampu memadamkan api, dan boleh terbang ke tempat yang jauh dan memburu kepala orang jahat yang dikehendaki sebelum kembali ke sisi tuannya!

锡矿大王胡子春

Raja Timah Hu Zi Chun

佚　名

Yiming

　　胡子春，中国福建永定人。在一八七三年，他十三岁左右的时候，便从家乡来到槟城。最初住在姑母家，在附近的私塾读书。十六岁时，学做店员。后来他嫌做店员的收入太少，就跟着舅舅改做矿业去了。

　　他在二十岁时，开始在太平试办矿务。当时开采锡矿的矿工，大都没受过教育，性情粗鲁，很难对付。可是胡子春长于用人，他

Hu Zi Chun, berasal dari Hokkien Yong Ding. Pada tahun 1873, semasa beliau berumur lebih kurang 13 tahun, beliau datang ke Pulau Pinang dari kampungnya. Pada awalnya beliau tinggal di rumah mak cik beliau dan menerima pendidikan di pusat pendidikan swasta. Semasa beliau berumur 16 tahun, beliau bekerja sebagai penjaga kedai, dan kemudian disebabkan pendapatan pekerjaan tersebut terlalu rendah maka beliau mengikut pak cik belajar berniaga timah.

Semasa beliau berumur 20 tahun, beliau

锡矿大王胡子春
Raja Timah Hu Zi Chun

对手下任何人,都平等看待,因此他的工人都肯勤勉工作。这使他在第一次经营的矿业里,就赚了一些钱。

不过胡子春对于当时的成功,并不感到满足。他曾经不顾旅途艰险,跋山涉水,又跑到别处去另找新矿。后来他在霹雳取得了哈拿山的开采权,又得到端洛的大矿地。从此,他便凭着过去管理矿场的经验,又用新方法开采,因此他的营业规模一天天壮大,不到几年便成了大富翁。当时驻南洋的英国官员,看到胡子春经营的锡矿场规模宏大,井井有条,非常佩服他的才能,大加夸奖,并且给他提供免费乘坐联邦火车的优待。从那时起,胡子春便有了"锡矿大王"的称号。

bermula cuba berurus niaga timah di Taiping. Pekerja timah pada ketika itu kebanyakan tidak berpendidikan dan bersikap kasar, agak sukar berurusan dengan mereka. Tetapi disebabkan Hu Zi Chun pandai meletakkan tenaga buruh di tempat yang sesuai, dan beliau bersikap adil terhadap kesemua pekerjanya, maka pekerja timah di bawah jagaan beliau kesemua bekerja dengan bertungkus-lumus. Permulaan ini mendorong beliau mendapat keuntungan buat kali pertama berurus niaga dengan timah.

Tetapi Hu Zi Chun tidak berpuas hati dengan kejayaannya pada ketika itu. Beliau sanggup mengambil risiko, meredah perjalanan yang sukar, mendaki bukit serta menyeberangi sungai, demi tujuan mencari ladang timah di serata tempat. Akhirnya beliau berjaya mendapat hak menerokai lombong bijih timah di Gunung Lang, Perak, dan beliau juga memperolehi hak milik melombong bijih timah di Tronoh. Selepas itu, beliau menggunakan pengalaman mengurus lombong bijih timah yang dikumpulkannya sebelum ini dan mengaplikasikan kaedah menerokai lombong bijih timah yang baru tuntas membolehkan beliau semakin maju dan akhirnya dalam masa beberapa tahun beliau berjaya menjadi seorang hartawan. Pegawai England yang bertempat di Nanyang pada masa itu berasa kagum melihat lombong bijih timah yang dioperasikan oleh beliau dijalankan dengan sistematik.Pegawai England tersebut telah menawarkan beliau menaiki kereta api persekutuan secara percuma sebagai tanda hormat kepada beliau. Maka, bermula pada masa itu, beliau digelarkan sebagai 'Raja Timah'.